Andrea Camilleri

Die Mühlen des Herrn

Andrea Camilleri
Die Mühlen des Herrn

Roman

Aus dem Italienischen
von Moshe Kahn

Verlag Klaus Wagenbach Berlin

Die italienische Ausgabe erschien 1999 unter dem Titel *La mossa del cavallo* bei Rizzoli in Mailand.

Die Mühlen des Herrn erschien 2000 als Quart*buch* im Verlag Klaus Wagenbach.

Wagenbachs Taschenbuch 822

2. Auflage 2020

Umschlaggestaltung Julie August unter Verwendung einer Fotografie © funkyfood London – Paul Williams / Alamy Stock Photo
Autorenfoto: © Archiv Klaus Wagenbach.
Das Karnickel auf Seite 1 zeichnete Horst Rudolph.
Gesetzt aus der Scala und Impact.
Vorsatzmaterial von peyer graphic, Leonberg. Gedruckt auf Schleipen und gebunden bei Pustet, Regensburg.

ISBN 978 3 8031 2822 5

Inhalt

»Das Rössel ist die einzige Figur im Schachspiel, das andere Figuren überspringen darf. Seine Bewegung ist ausgesprochen einzigartig, denn sie beschreibt ein L: zunächst zwei Felder in der Horizontalen oder in der Vertikalen, wie ein Turm, danach ein Feld nach rechts oder nach links. Nicht zu vergessen eine Besonderheit: ein Rössel, das sich von einem schwarzen Feld wegbewegt, kommt immer auf einem weißen Feld an. Umgekehrt kommt ein von einem weißen Feld wegbewegtes Rössel immer auf einem schwarzen Feld an. Das Rössel kann jede andere Schachfigur überspringen.«

A. Karpow, Schachschule

Samstag, 1. September 1877

»Dominovobisdu.«

»Ettkumm spiri tutuho«, antworteten an die zehn Stimmen, die sich im tiefen, nur hier und da gelegentlich von übelriechenden Talglichtern durchbrochenen Dunkel der Kirche verloren.

»Ite, missa jetzt.«

Betstühle wurden gerückt. Die erste Morgenmesse war zu Ende. Eine Frau bekam einen Hustenanfall, Padre Artemio Carnazza machte eine halbe Kniebeuge vor dem Hochaltar und verschwand danach eilig in die Sakristei, wo der Sakristan, tot vor Müdigkeit, wie immer auf ihn wartete, um ihm aus den Meßgewändern zu helfen. Die glaubenstreuen Besucher der Frühmesse verließen die Kirche, nur Donna Trisìna Cìcero nicht, das war die, die gehustet hatte. Sie blieb knien, tief ins Gebet versunken. Seit ungefähr zwei Wochen stellte sie sich zur Frühmesse ein. Sie galt durchaus nicht als eine, die ständig in die Kirche rennt. Zur Messe erschien sie normalerweise lediglich sonntags und an den festgelegten Feiertagen. Es war daher offenkundig, daß sie in Sünde gefallen war und diese sich jetzt von Unserem Gnädigen Herrn vergeben lassen wollte. Donna Trisìna war eine schwarzhaarige Dreißigerin, mit wildfunkelnd grünen Augen und zwei Lippen so rot wie die Flammen der Hölle. Unglückseligerweise war sie vor drei Jahren Witwe geworden. Von da an kleidete sie sich nur noch in Schwarz, nach strengster Trauer. Dennoch stellten sich bei den Männern, wenn sie sie vorübergehen sahen, sündhafte Gedanken ein. So viel göttliche Anmut, ohne daß ein strammer Kerl sie bändigen durfte. Doch im Ort gab es einige, die behaupteten, daß dieses Feld durchaus bepflügt und reichlich besät worden war, und zwar von mindestens zwei freiwilligen Helfern: dem Advokaten Don Gregorio Fasùlo und dem Bruder des Polizeiamtsleiters, Gnazio Spampinato.

Donna Trisìna wartete, bis der Sakristan die Kirche verlassen hatte, dann bekreuzigte sie sich, stand auf und ging zur Sakristei. Vorsichtig trat sie ein. Das frühe Licht des Tages reichte ihr, um sich davon zu überzeugen, daß sich keine Menschenseele in dem Raum befand. Gleich neben dem großen Schrank aus amerikanischer Bergkiefer, in welchem die Meßgewänder aufbewahrt wurden, führte eine kleine Türe auf eine Holztreppe und diese weiter zur kleinen Wohnung des Priesters hinauf.

Padre Artemio Carnazza war ein Mann zwischen vierzig und fünfzig, von rötlicher Haut, kräftiger Statur, der das Essen und Trinken liebte. Mit wahrhaftem Christenherzen war er stets bereit, Bedürftigen Geld zu leihen, was er sich dann, mit wahrhaftem Heidenherzen, doppelt und gelegentlich dreifach zurückzahlen ließ. Besonders liebte Padre Carnazza die Natur. Nicht die Vögelein, die Schäflein, die Bäume, die Morgen- und die Abenddämmerungen, nein, die scherten ihn sogar einen Dreck. Das, was ihm die Sinne bis zum Wahnsinnigwerden raubte, war die Natur der Frau, die, in ihrer unendlichen Vielfalt, das Lob auf den Phantasiereichtum des Schöpfers sang: bald schwarz wie Tinte, bald rot wie Feuer, bald blond wie die Ähre des Weizenhalmes, doch stets mit anderen Farbschattierungen, wobei die Gräser manchmal hochstanden und unter seinem Atem wogten, wenn er über sie hinwegblies, ein anderes Mal niederlagen, als wären sie gerade gemäht worden, und wieder ein anderes Mal sich ganz dicht und ineinander verwoben zeigten wie eine dornige Wildhecke. Immer wieder verwunderte es ihn, daß er derart eine neue Natur entdeckte, neu, brandneu mit all dem Besonderen, das es zu erforschen gab, wenn er Zentimeter für Zentimeter bis zur ausgehöhlten, feuchten kleinen Grotte hinabstieg, in die man nur langsam eindringen durfte, vorsichtig, sanft, weil einen nachher die kleine Grotte eng umschloß, ihre Wände fest an einen schmiegte, um einen in die tiefste Tiefe zu geleiten, dorthin, wo das Wasser des Lebens hervorquillt.

Donna Trisìna stieg die Holztreppe hinauf, hob ein Bein, setzte das andere ab, sorgsam darauf bedacht, kein Geräusch zu machen, doch das Holz knarrte von Stufe zu Stufe mehr, bis es schließlich wie eine Klage klang.

»Besser so«, hatte der Pfarrer ihr erklärt, »wenn jemand zu mir kommt, höre ich es gleich.«

Während Donna Trisìna hinaufstieg, hatte Padre Carnazza den Priesterrock abgelegt und über das Unterhemd und die Unterhose einen Morgenmantel gezogen, aus goldbestickter roter Seide, wie sie nicht einmal der Bischof kennt, das Geschenk einer Frau aus seiner Gemeinde.

Da der Diener Gottes nicht im Eßzimmer war (nach der Frühmesse machte er sich ein Frühstück aus einem halben Liter Ziegenmilch und einem halben Dutzend Spiegeleiern), trat Donna Trisìna an die Tür des Schlafzimmers und schaute hinein, wobei sie den Kopf leicht vorbeugte. Die Fensterläden waren zwar angelehnt, ließen aber das Licht eines Tages herein, der noch sehr heiß zu werden versprach. Aber auch dort sah sie niemanden. Schließlich gelangte sie zu der Überzeugung, daß Padre Artemio sich gezwungen gesehen habe, sich auf dem stillen Örtchen einzuschließen, um einem natürlichen Bedürfnis nachzugeben. Sie machte einen Schritt nach vorn. Da schoß der Gottesmann, der versteckt hinter einer Türe gestanden und den Atem angehalten hatte, hervor, packte sie von hinten, stieß sie zum Bett hinüber und zwang sie, sich bäuchlings darauf zu legen. Donna Trisìna gelang es, keinen Laut von sich zu geben, so erschrocken war sie, doch als sie spürte, wie die freie Hand Padre Artemios (mit der anderen preßte er ihren Rücken nach unten, um sie in dieser Stellung zu halten) sich ohne viel Federlesens unter ihren Rock, ihren Unterrock und ihr Leibhemd schob, um ihren Schlüpfer herunterzuziehen, reagierte sie und stieß ein trockenes »Laß das!« hervor, das wie ein Peitschenknall schnalzte. Der Gottesmann schien sie nicht gehört zu haben, er atmete so schwer, daß sie den Eindruck hatte, ihn könne jeden Augenblick der Schlag treffen. Donna Trisìna begriff, daß die Stellung, in der der Diener Gottes sie festhielt, ziemlich gefährlich war, sie hob einen Fuß und trat einfach irgendwohin. Voll in die Samenkugeln getroffen, lockerte Padre Artemio seine Umklammerung, beugte sich vor Schmerzen mit weit aufgerissenem Mund vornüber und schnappte nach Luft.

Diese Gelegenheit nutzte Trisìna, um sich vom Bett aufzurichten und ihre Kleider in Ordnung zu bringen.

»Ich sagte: Laß das doch!« Sie war äußerst verärgert. »Du weißt, daß ich den vollen Akt nicht vollziehen will! Noch ist die Leiche meines armen Ehemannes im Grabe nicht erkaltet!«

Padre Carnazza war noch benommen vom Schmerz, doch bei Donna Trisìnas Worten fühlte er, wie ihm das Blut in den Kopf schoß.

»Was für einen Quatsch faselst du denn da! Auch Lazarus fing nach zwei Tagen im Grabe an zu stinken. Was soll dann da nicht erkaltet heißen, nicht erkaltet, wo doch das riesengehörnte Rindvieh von deinem Mann schon drei Jahre tot ist!«

Ohne ihn eines Wortes der Erwiderung zu würdigen, kehrte Donna Trisìna ins Eßzimmer zurück, nahm einen Stuhl und setzte sich. Nach einer kurzen Weile machte der Diener Gottes das gleiche: wenn nämlich Trisìna nicht empört weggegangen war, bedeutete das, daß die Verhandlungen weitergehen konnten.

Diese Geschichte ging nun schon seit zehn Tagen so: Trisìna tauchte nach der Messe in seiner Wohnung auf, doch sobald er sie mit der Hand berührte, wand und drehte sie sich wie eine Viper, die sie im Grunde auch war. Aber was für eine schöne Viper! Er konnte ihr nicht widerstehen. In seinem Inneren wußte er, daß er, wenn er eine auch noch so kleine Kleinigkeit von ihr erhalten wollte, wieder dafür zahlen mußte.

Bis jetzt hatte ihn der Anblick einer ihrer nackten Brüste hundert Gramm guten Bohnenkaffees gekostet; der Anblick beider nackten Brüste dreihundert Gramm Zucker; ein Kuß ohne Zunge ein Pfund Mehl; ein Kuß mit Zunge ein Kilo feiner neapolitanischer Pasta; ein Kuß mit Zunge und zwei nackte Brüste drei Mokkatassen aus Porzellan mit den jeweiligen Untertassen; ein hauchzartes Streicheln der nackten Brüste ein Kaffeelöffelchen aus echtem Silber; ein Kuß auf jede Brustwarze einen Ballen feinsten Mousselinestoffs für Blusen. Trisìna war zwar eine durchaus vermögende Frau, ihr Gemahl hatte ihr Häuser und Grundstücke hinterlassen, aber sie hatte vor allem anderen den Instinkt einer diebischen Elster und an zweiter Stelle den Verstand einer ausgesprochenen Hure, der es Spaß machte, sich bezahlen zu lassen.

»Diese Matratzensau räumt mir noch die Wohnung aus«, dachte der Gottesmann verbittert, »und dafür erlaubt sie mir lediglich, mir in ihren oberen Etagen zu schaffen zu machen!«

Und da kam ihm eine Idee, wie er es anstellen könnte, sich in diesen oberen Etagen bequemer einzurichten.

Trisìna sah sich unterdessen ein bißchen um.

»Wie schön diese Lampe ist!« rief sie.

Sie betrachtete den Gegenstand mit halb geöffnetem Mund, so daß man die Spitze ihrer Zunge sehen konnte. Bei diesem Anblick ging der Atem des Gottesmannes wie ein Blasebalg.

»Gefällt sie dir?«

»O ja«, sagte Trisìna, streckte ihre Zunge heraus und ließ sie über die Feuerlohen ihrer Lippen gleiten. Sie leckte sich wie eine Katze vor einem Stückchen Fleisch. »Dann schenk ich sie dir. Mir bricht es zwar das Herz, denn sie ist ein seliges Erinnerungsstück. Sie gehörte meiner Schwester Agatina, die der Herr zu sich berufen hat.«

»Aber ich will sie«, sagte sie und verschloß ihren Mund fest und spitz wie ein Hühnerärschlein.

»Doch zuerst spielen wir ein Spielchen«, sagte der Priester und machte sich daran, die Idee, die ihm gekommen war, gleich in die Tat umzusetzen.

»Was für ein Spielchen? Ich hab' keine Lust auf Spielchen.«

Padre Carnazza stand auf, öffnete eine kleine Tür und verschwand in der Vorratskammer, in der er Eßbares und Trinkbares aufbewahrte.

»Weißt du, Priesterchen«, sagte Trisìna laut. »Ich hab'

ein Haus vermietet, das in Vigàta, das ganz nah an der Küste.«

»Ach ja? Und an wen?« fragte Padre Carnazza, als er wieder ins Zimmer zurückkam. Seine rechte Hand hielt er hinter dem Rücken verborgen.

»Der Makler sagte mir, es wäre für einen Fremden, den neuen Hauptinspekteur für die Mühlen. Er arbeitet hier, in Montelusa. Persönlich kenne ich ihn nicht.«

Mit einem feinen Lächeln zeigte Padre Carnazza ihr, was er aus der Vorratskammer geholt hatte. Gebannt schaute Trisìna darauf. Ganz sicher waren es Früchte, aber sie hatte sie vorher noch nie gesehen.

»Das sind Bananen«, erklärte Padre Carnazza. »Sie wachsen in Afrika. Ein Freund, der zur See fährt, hat sie mir gestern nach dem Mittagessen vorbeigebracht. Eine habe ich gegessen. Eine Frucht wie im Paradies. Und mit diesen beiden hier spielen wir unser Spielchen.«

Er setzte sich vor die Frau und schälte eine Banane. Kaum war er damit fertig, streckte Trisìna ihre Hand aus. Doch Padre Carnazza wich ihr aus.

»Ich füttere dich«, sagte er, »wie man's mit den Kleinen macht.«

Folgsam schloß Trisìna die Augen und machte ihr Mündchen auf. Gefühlvoll führte Padre Carnazza zwischen ihre Lippen die Spitze der Banane ein, die die Frau augenblicklich köpfte. Der Gottesmann zuckte zusammen. Trisìna kaute, schluckte und öffnete die Augen wieder.

»Mehr.«

Als sie die Banane gegessen hatte, zeigte sie sich enttäuscht.

»War das schon das Spielchen?«

»Nein, das Spielchen kommt jetzt erst«, antwortete Padre Carnazza. Er nahm die Banane, die er auf den Tisch gelegt hatte, und fing an sie zu schälen. »Jetzt stehe ich auf und stelle mich mit der Banane in der Hand vor dich hin. Du bleibst sitzen und hältst die Augen geschlossen. Einmal beißt du schön in die Banane, danach gibst du mir schön einen Kuß. Wenn du dich vertust, wenn du zwei Küsse nacheinander gibst oder zweimal nacheinander hineinbeißt, zahlst du ein Pfand. Und das Pfand bestimme ich. Wenn du es richtig machst, schenk ich dir die Lampe.«

»Also gut«, sagte Trisìna, kniff die Augen fest zusammen und befeuchtete ihre Lippen mit der Zunge. Sie hatte genau verstanden, was für ein Spielchen der geistliche Herr spielen wollte.

Beim Gedanken an Trisìnas Zähne brach Padre Carnazza der kalte Schweiß aus: Wenn die sich vertut, hätte das schlimme Folgen.

Der »Mistkäfer« trägt den wissenschaftlichen Namen »Scarabaeus sacer«, obwohl er durchaus nichts Heiliges an sich hat. Ihn zeichnet die Besonderheit aus, daß er Kugeln aus Scheiße dreht, ob menschliche oder tierische ist einerlei, und diese dann zu seinem Bau rollt. Er braucht sie als Nahrungsvorrat für die Winterzeit. Die Montelusaner hatten die Eigenart, jeder Person, die in ihrem Blickfeld auftauchte, den geeigneten Spitznamen anzuheften, und so hatten sie den Finanzpräsidenten, Commendatore Felice La Pergola, von Beginn an »Mistkäfer« genannt. Man erzählte sich, daß er, sobald ihm ein Bündel Geldscheine zugesteckt worden war, diese schnell zusammenrollte, in die Tasche stopfte und zu Hause versteckte, denn es war bekannt, daß er keine Geldeinlagen in einer der beiden Banken der Stadt hatte. Unter den vielen Mistkugeln, die der Präsident sich in seiner fünfjährigen Amtszeit in Montelusa eingesackt hatte, kamen die größten und gespicktesten zunächst vom Hauptinspekteur der Mühlen, Tuttobene Gerlando, der während einer einsamen Angelpartie auf dem Meere verschollen und nie mehr an Land zurückgekehrt war, und danach von seinem Nachfolger, Bendicò Filiberto, der zwar aufgefunden worden war, jedoch in einer Schlucht und halb aufgefressen von Hunden, ausgelöscht durch einen Schuß aus einer Lupara.

Nach diesen tristen Geschehnissen hatte der in Rom amtierende Generaldirektor sich lange vor der Frage gesperrt, wer den beiden Ehemaligen auf ihrem Posten nachfolgen sollte, und schließlich die Entscheidung getroffen, einen Hauptinspekteur nach Montelusa zu schicken, der alle Voraussetzungen erfüllte, die Angelegenheiten zu ordnen.

Allein schon beim Anblick dieses neuen Hauptinspekteurs hatte der Mistkäfer gleich zu Beginn zweierlei begriffen. Das erste war, daß eine Zeit ungeheueren Mistmangels bevorstand, und das zweite, daß man mit diesem Menschen sehr vorsichtig umgehen und jedes Wort auf die Goldwaage legen mußte.

Giovanni Bovara sah im Grunde eher wie ein Berufsmilitär in Zivil aus und weniger wie ein Beamter der öffentlichen Verwaltung. Ein Mann um die Vierzig mit Bürstenhaarschnitt und äußerst gepflegtem, herunterhängendem Oberlippenbart, in einem dunklen Anzug aus gutem Zwirn, von aufrechter Haltung. Seine Augen waren hellblau. Commendatore La Pergola war er unsympathisch. Er richtete seinen Blick auf die vor ihm liegenden Papiere und hielt in einer Hand den Kneifer.

»Eine blinde Ratte«, so qualifizierte ihn Bovara, der von dem anderen Spitznamen nichts wußte.

»Hier steht, Sie sind in Vigàta geboren, das ist nur wenige Kilometer von hier entfernt.«

»Ja.«

»Aus Ihren persönlichen Unterlagen geht hervor, daß Sie, kaum drei Monate alt, nach Genua gekommen sind, wo Ihr Vater Arbeit gefunden hatte.«

»Ja.«

»In Genua haben Sie die Schule besucht, das Diplom als Buchhalter erworben, Sie haben an einer öffentlichen Stellenausschreibung für die Verwaltungslaufbahn teilgenommen, diese bestanden und dann eine glänzende Dienstzeit in Modena, Bologna und Reggio Emilia abgeleistet.«

»Ja.«

»Junggeselle?«

»Ja.«

»Wie finden Sie das Haus in Vigàta, das ich Ihnen durch den Makler verschafft habe?«

»Ich hatte noch keine Zeit hinzufahren.«

»Aber heute?«

»Nein. Heute abend bleibe ich hier im Hotel, in Montelusa. Morgen früh werde ich umziehen, in aller Ruhe. Ich hielt es für meine Pflicht, mich nach meiner Ankunft zuerst meinem Vorgesetzten vorzustellen.«

»Ich höre, daß nicht einmal in der Emilia die Lage ruhig ist.«

»Tja.«

»Hier ist es auch nicht gerade lustig, Wertester. Die Mahlsteuer ist, unter uns gesagt, verhaßt.«

»Tja.«

Commendatore La Pergola entschloß sich, das Thema zu wechseln, in der Hoffnung, nicht immer nur »Ja« und »Tja« von diesem Kaktuslappen zu hören.

»Sind Sie schon einmal in Sizilien gewesen? Ich meine als Erwachsener.«

»Nein.«

»Wie Sie sicher wissen, haben Sie, um Ihrer Inspektionstätigkeit nachzukommen, Anrecht auf eine Kutsche mit zugehörigem Gnuri.«

»Wie bitte?«

»Sie sprechen unseren Dialekt nicht?«

»Ich habe ihn fast völlig vergessen.«

»Dann sind Sie ja ein Sizilianer, der genuesisch spricht«, sagte der Präsident, indem er mit seinen kleinen Augen zwinkerte und ein Kichern von sich gab, das in Bovaras Ohren wie ein Quieken klang.

»Er ist wirklich eine blinde Ratte«, dachte er. Und antwortete nicht.

»Gnuri bedeutet bei uns Kutscher«, erklärte der Präsident. Und er fuhr fort:

»Natürlich ist das eine Ausgabe, die unser Amt Ihnen zurückerstatten wird, nach Vorlage der Belege.«

»Ich glaube, ich brauche das nicht.«

»Den Gnuri? Verzeihung, den Kutscher?«

»Die Kutsche.«

»Ach, nicht? Aber wie wollen Sie dann herumkommen?«

»Mit dem Pferd. Ich reite ziemlich gut.«

»Na ja, wissen Sie, da Sie unseren Dialekt doch nicht sprechen, könnte es Ihnen gelegentlich schwerfallen, sich zurechtzufinden.«

»Ich werde es versuchen.«

»Sie müssen auch daran denken, daß Sie unerwünschte Begegnungen haben könnten ...«

»Ich bin bewaffnet. Ich habe einen Waffenschein.«

»Und wenn es regnet?«

»Dann werde ich naß.«

»Hören Sie, Wertester, denken Sie nur nicht, daß in Sizilien immer die Sonne scheint, wie man das gern glauben macht. Wenn es hier regnet, dann schüttet es.«

»Verzeihen Sie, Commendatore. Aber gerade wenn es regnet, erhält man die besten Ergebnisse bei einer Inspektion. Keiner erwartet einen bei schlechtem Wetter.«

»Tja«, sagte nun der Präsident nachdenklich.

Nachdenklich aus zwei Gründen: Zum einen mußte er unverzüglich Advokat Fasùlo verständigen, damit dieser den Zuständigen benachrichtigt, daß der neue Inspekteur die Absicht habe, über Land zu reiten, und zwar auch bei schlechtem Wetter, und deshalb alle Mühlenbesitzer der Provinz in Alarmbereitschaft versetzt werden müßten; zum zweiten, damit der neue Hauptinspekteur nach Ablauf einiger Wochen in einer Schlucht, halb aufgefressen von Hunden, aufgefunden würde, wie der vielbeweinte Bendicò.

»Und weil ich schon einmal da bin, würde ich gerne das Büro sehen, das mir zugewiesen worden ist.«

Der wollte ja auf der Stelle sein Büro in Besitz nehmen, dem brannte ja richtig der Arsch, unverzüglich Unheil anzurichten, der war ja ganz auf Autopsie versessen.

»Ich lasse Sie dorthin begleiten. Danach unterhalten wir uns noch ein bißchen, mit Muße.«

»Haben Sie Befehle für mich?«

»Befehle? Aber ich bitte Sie! Ratschläge bestenfalls. Nützliche Ratschläge für jemanden wie Sie, der noch nie in Sizilien war.«

Selbstverständlich war ihm das Büro in der zweiten Etage zugewiesen worden, das vorher schon Bendicò und davor Tuttobene gehört hatte. Giovanni wollte erst die Finger an seine Geschlechtsteile legen, zur Abwehr von Unheil, schämte sich dann aber doch dieses Gedankens.

Es war ein geräumiges Zimmer mit einem großen Balkon, von dem aus man das Land mit den Mandel- und Olivenbäumen sah. In einer Ecke stand die Vervielfältigungspresse, an der linken Wand ein hoher Karteikastenschrank, verschlossen zwar, aber der Schlüssel steckte. Dann waren da noch der Schreibtisch, ein kleines Kanapee, zwei Sessel und drei Stühle. Giovanni war bestürzt über die Unordnung der überall verstreut herumliegenden Blätter, nicht nur auf dem Schreibtisch, den Sesseln, dem Kanapee, den Stühlen, sondern auch auf dem Fußboden. Er drehte sich um und sah Caminiti, den Amtsdiener, an.

»Woher diese Unordnung?«

»Ehee!«

»Was heißt das?«

»Das heißt, daß keiner Hand an die Papiere von dem Cavaliere Bendicò nicht legen will«, sagte Caminiti. Und präzisierte: »Keiner nicht von der Direktion.«

»Und wieso?«

Der Amtsdiener fing an zu grinsen, was Giovanni verwirrte.

»Antwortet lieber, statt albern zu grinsen.«

»Xellenza, möglich, daß, wenn einer Hand an diese Papiere legt, er von einem giftigen Dier gebissen wird.«

»Dier?«

»Ja, ja, giftiges Tier, Bestie. Einer Tanzlibelle vielleicht oder irgend so einer Viper ... solche Diere eben.«

»Soll das ein Witz sein?«

»Nicht doch, Xellenza. Ich mach' keine Witze nicht, nie. Und auch Ihr müßt aufpassen bei diesen Papieren ...

Man sollte nicht in ihnen herumstochern. Macht einfach ein paar Pakete daraus, danach bringe ich sie raus zum Verbrennen. Hab ich mich verständlich ausgedrückt?«

»Nein, Ihr habt Euch überhaupt nicht verständlich ausgedrückt«, sagte Giovanni barsch und entließ ihn auf der Stelle.

Ein vertrottelter Amtsdiener, das hatte ihm gerade noch gefehlt. Wie konnte er nur glauben, daß ein giftiges Tier seinen Bau ausgerechnet inmitten von Papieren eines Amtsbüros errichten würde? Das, so nahm er sich vor, würde er Tante Giovanna schreiben. Die würde sich vor lauter Lachen bäuchlings auf dem Boden wälzen.

»Den erschieß' ich, diesen ausgekochten Hurensohn von Pfaff«, platzte Memè Moro heraus, kaum daß er das Gerichtsgebäude verlassen hatte. Advokat Losurdo packte ihn am Arm.

»So beruhigen Sie sich doch, Don Memè.«

»Beruhigen Sie sich, 'nen Scheißdreck! Ich erschieß' den, dieses gehörnte Rindvieh von Padre Carnazza, so wahr Christus ans Kreuz genagelt wurde!«

»Sprechen Sie doch leiser, Don Memè, man kann Sie ja hören.«

»Das kümmert mich einen Scheißdreck, ob man mich hört!«

Memè Moro hatte gerade den letzten Prozeß gegen seinen Cousin, Padre Carnazza, verloren, einen Cousin aus der mütterlichen Linie. Es ging um eine Erbschaftsangelegenheit, die sich ungefähr zehn Jahre hingezogen hatte. Mit der Zeit, nach jedem weiteren Prozeß, hatte sich Padre Carnazza das genommen, wovon Memè Moro glaubte, es gehöre rechtens ihm, Land und Häuser.

»Sie werden schon sehen, daß der Schiedsentscheid über das Landstück Pircoco zu unseren Gunsten ausfällt«, versuchte der Advokat ihn zu besänftigen. »Soviel ich von Recht und Gesetz verstehe, besteht diesmal überhaupt kein Zweifel ...«

»Sie, Signor Advokat, verstehen von Recht und Gesetz so viel wie ein Ziegenbock! Nachdem Sie alle Prozesse verloren haben, haben Sie jetzt auch noch für das Landstück Pircoco das Schiedsgericht angerufen. Und wissen Sie, wie's ausgehen wird? Man wird es mir in den Arsch jagen, mitsamt dem Schiedsentscheid!«

»Gehen wir einen Espresso trinken«, schlug der Advokat vor.

Er mochte es nicht, wenn die Leute, die ins Gericht gingen und herauskamen, hörten, wie sein Mandant über seinen Rechtsbeistand dachte.

Memè Moro antwortete nicht einmal und ging weg.

»Den erschieß' ich! Den erschieß' ich, wie er's verdient hat!«

Das verkündete er lauthals vor der Urbs und dem Orbis. Und die Leute drehten sich nach ihm um und schauten ihm nach.

Immer noch Samstag, 1. September 1877

Er begriff, daß er dieses Zimmer unmöglich am Montag, dem Tag seines Dienstantritts, beziehen konnte, wenn er es nicht augenblicklich in Ordnung brachte.

»Könntet Ihr mir wohl ein bißchen Brot kaufen, ein Stück Käse und ein Glas Wein?«

Caminiti sah ihn an wie ein völliger Tölpel.

»Was soll das, Euer Ehren? Wollen Sie sich etwa hier hinsetzen und essen?«

»Ja. Ist das verboten?«

»Wie Sie wollen, Euer Ehren. Was für einen Käse wünschen Sie? Tuma?«

»Was Ihr wollt.«

Giovanni räumte einen Stuhl frei, setzte sich niedergeschlagen hin und blickte sich im Raum um. Wo beginnen? Vielleicht wäre es sinnvoll, einen flüchtigen Blick auf die Papiere zu werfen. Wahllos griff er ein Blatt heraus und fing an zu lesen.

Eine viertel Stunde später kehrte Caminiti mit einem Metalltablett zurück, auf dem ein Laib Brot, eine Scheibe Schafskäse, eine weitere Scheibe Käse mit Pfefferkörnern, eine Süßspeise aus Ricotta, eine schon entkorkte Flasche Rotwein und ein Glas zusammengestellt waren.

»Jeh, so viel! Was habt Ihr dafür bezahlt?«

»Nichtsnicht.«

»Was heißt nichts?!«

»Ich bin hinunter in die Trattoria gegangen, habe bestellt, habe gesagt, daß es für den neuen Hauptinspekteur der Mühlen wäre. Da sagte einer, der mit anderen Herrschaften beisammensaß, das würde alles auf seine Rechnung gehen.«

»Und Ihr, heiliger Herrgott, habt das angenommen?«

»Was hätte ich denn tun sollen? Den Kleinlichen spielen? Immerhin war das Don Cocò Afflitto!«

»Und wer ist das?«

»Einer.«

»Gut«, sagte Giovanni, »jetzt nehmt Ihr das Tablett so wie es ist, tragt es wieder hinunter, dankt diesem Herrn und kommt zurück.«

»Was soll das? Wollen Sie nicht mehr essen?«

»Ich werde heute abend essen.«

Caminiti zuckte die Schultern.

»Euer Ehren mögen mir verzeihen, aber Sie sind einer, der es wirklich drauf anlegt.«

Der Amtsdiener ging hinaus, Giovanni fuhr damit fort, die Papiere zu überfliegen. Plötzlich kam ihm ein Gedanke. Sollte Bendicò wirklich in diesem Büro gearbeitet haben, in dieser Unordnung? Caminiti mußte zurück sein, er rief ihn mit lauter Stimme.

»Zu Ihrer Verfügung, Xellenza.«

»Habt Ihr das Zeug hinuntergebracht?«

»Sicher doch, Xellenza.«

»Und was hat der bewußte Herr gesagt ... wie heißt er noch gleich?«

»Don Cocò Afflitto. Nichtsnicht, was sollte der schon gesagt haben? Gelacht hat er. Ein witziger Mann ist der, Don Cocò.«

»Sagt einmal: Hat Bendicò wirklich so gearbeitet?«

»So? Wie?«

»Seht Ihr denn nicht diese Unordnung?«

»Ah, nein! Cavaliere Bendicò war außergewöhnlich ordentlich.«

»Wer war es dann?«

»Na ja ... Leute sind gekommen ... Don Ciccio La Mantìa ... Advokat Fasùlo ...«

»Sind das Beamte des Finanzpräsidiums?«

»Wer?«

»Na die, die Ihr gerade genannt habt, La Mantìa, Fasùlo ...«

»Ach woher!«

»Was für Leute sind sie dann?«

»Weiß nicht, was das für Leute sind.«

»Aber Ihr kennt sie doch sogar mit Namen!«

»Was soll das heißen? Eines ist es, den Namen einer Person zu kennen, etwas ganz anderes ist es zu wissen, wer einer ist.«

»Wieso habt Ihr sie hereingelassen?«

»Das hatte seine Xellenza, der Signor Finanzpräsident, so angeordnet.«

Vier Stunden brauchte Giovanni, um ein wenig Ordnung in die Papiere zu bringen. Er hatte sie in zwei große Stapel unterteilt: zum ersten gehörten private Briefe, Zeitungsseiten, unverständliche Notizen, Entwürfe für Antwortschreiben auf Widerspruchseingaben; auf dem zweiten hatte er Dokumente, Memoranden, Berichte gesammelt, die er für würdig hielt, sie noch einmal zu lesen.

Signora Pippineddra Camastra gehörte nicht zu den Getreuen der Frühmesse von Padre Carnazza. Sie war eine Anhängerin des Angelus. Mit ihrer Gevatterin Nitta Fragalà, die, statt früh in die Kirche zu gehen, Haus und Laden versorgte, sah sie sich daher bei der Abendandacht, und sie gingen dann ein Stück des Weges gemeinsam, weil ihre Häuser in derselben Gasse benachbart waren.

»Da ist diese Frau, von der ich nicht ganz überzeugt bin«, begann Signora Nitta eines Abends.

»Wer ist die, Gevatterin?«

»Mit Namen, glaub' ich, heißt sie Trisìna Cìcero.«

»Die kenn' ich. Die ist Witwe. Sie war mit Don Arminio verheiratet, der sechzig war, sie dagegen noch keine zwanzig. Die Kleine hatte Arminio den Kopf verdreht. Und warum seid Ihr von der nicht überzeugt, Gevatterin?«

»In die Kirche ging sie vorher nie. Jetzt sind's ungefähr zwei Wochen, daß sie zur Frühmesse geht, und danach schlüpft sie in die Sakristei.«

»Oh, oh«, machte Signora Pippineddra.

Die beiden Gevatterinnen wußten, wie Pfarrer Carnazza beschaffen war, was weibliche Oasen mit Palmen anging, aber das regte sie nicht weiter auf: ein Mann ist und bleibt ein Mann, auch wenn er das Gewand des Papstes trägt. Und außerdem, wie sagten die Alten, die mit der Weisheit noch regen Umgang pflegten? Sie sagten:

»Bei Mönch und Pfaffenkloß
hör nur die Meß,
dann gieb ihm den Nierenstoß.«

Was bedeutete, daß Pfaffen nur dazu taugten, daß man bei ihnen die heilige Messe hörte, danach durften sie sich ruhig das Kreuz brechen.

»Und ... Signoradonna Romilda?« fragte Signora Pippineddra.

»Na ja«, machte Signora Nitta. »Morgens läßt sie sich nicht mehr blicken.«

»Nun ja«, sagte Signora Pippineddra, »ich muß jetzt gehen, Gevatterin. Mir ist eingefallen, daß ich noch was zu erledigen habe.«

Das, was sie soeben von ihrer Gevatterin Nitta erfahren hatte, wollte sie auf der Stelle ihrer Tochter Catarina erzählen, die Dienstmädchen im Hause von Signoradonna Romilda war.

Signoradonna Romilda, Gattin des Posthalters Cavaliere Arturo Brucculeri, war die Frau, die vor dem Auftauchen von Donna Trisìna gleich nach Beendigung der Messe in die Sakristei zu schlüpfen pflegte.

Er blickte zum Fenster hinaus aufs Land und bemerkte, daß die Sonne nur noch ein dünner Hauch am Horizont war. Jesses! Wie lange hatte er eigentlich gebraucht, um Ordnung in die Papiere zu bringen?

»Caminiti!«

Der Amtsdiener antwortete nicht. Daraufhin ging Bovara zur Türe.

»Caminiti!«

Seine Stimme hallte durch den leeren Flur. Er ging zurück, nahm die Tischglocke, die zwischen den Papierstapeln hervorschaute, klingelte und wartete. Aber von Caminiti auch jetzt keine Spur. Bovara ging auf den schon fast dunklen Flur hinaus, kam wieder zurück, um noch einmal fest mit der Glocke zu läuten. Alle Bürotüren standen offen, aber niemand zeigte sich, um zu fragen, was das bedeuten sollte, was er da mache. Mitten auf dem Flur blieb er stehen, und mit einer gewissen nervösen Anspannung läutete er die Glocke noch einmal. Sollte das etwa heißen, daß dieser Tölpel von Amtsdiener ihn vergessen und im Präsidium eingeschlossen hatte? Er machte noch zwei, drei Schritte, blieb wieder stehen, ging zurück und erinnerte sich an eine Begegnung in Reggio Emilia. Auf den Abend zu hatten er und ein Freund einen Mann auf der Straße vorübergehen sehen, einem Mönch mit grauer Kutte ähnlich, mit übergestülpter Kapuze, die sein ganzes Gesicht bedeckte und zwei Löcher für die Augen hatte. In der Hand hielt er ein Glöckchen, und damit klingelte er ununterbrochen.

»Zu welchem Orden gehört denn der?« hatte er neugierig gefragt.

»Der da ist kein Mönch, der hat die Lepra.«

Die Glocke fest in der Hand verschlossen, damit sie nicht mehr läutete, ging er hastig in sein Büro zurück.

In der Nähe des Schreibtisches sah er einen Mann stehen. Voller Angst hielt er inne.

»Wer ist da?«

»Wer soll's schon sein? Bin Caminiti.«

»Ich habe Euch oft gerufen!«

»Ich war eine Notdurft verrichten.«

Giovanni deutete auf die Papiere, auf den höheren Stapel.

»Den könnt Ihr wegbringen.«

»Soll ich ihn verbrennen?«

»Ja.«

»Gut gemacht, Xellenza.«

Er nahm unter Mühe den halben Stapel, ging hinaus, kam zurück, nahm die restliche Hälfte, ging hinaus, kam zurück und wollte gerade den zweiten Stapel nehmen, der wesentlich niedriger war als der erste.

»Den nicht.«

»Nicht?«

»Die Papiere will ich mir morgen ansehen.«

»Schlecht gemacht«, sagte Caminiti.

Er ging zur Türe, nach zwei Schritten drehte er sich um. »Morgen, sagten Sie?«

»Ja, morgen. Warum?«

»Weil morgen Sonntag ist. Haben Sie's vergessen?«

»Ach ja. Dann eben Montag. Auf Wiedersehen, Caminiti.«

»Segen über Euer Ehren.«

Um zum Hotel, dem Gellia, zu gelangen, mußte er die ganze Via Atenea entlanglaufen, welche die Stadt in zwei Hälften teilte. Die Straße war voller Menschen. Er bemerkte drei junge Burschen, die ihm entgegenkamen, elegant gekleidet wie große Herren, Kreissäge auf dem Kopf und Spazierstock in der Hand, sie zogen den Hut und verbeugten sich nach rechts und nach links. Sie wirkten wie Marionetten, die von unsichtbaren Fäden bewegt wurden. Inzwischen war es dunkel geworden.

Kaum hatte er das Hotel betreten, teilte der Portier ihm mit, daß der Polizeiamtsleiter Spampinato bereits da gewesen sei und nach ihm gefragt habe. Er müsse unbedingt mit ihm sprechen. Ob er daher, sofern es ihn also nicht außerordentlich störe, nicht einen Augenblick bei der Polizeidienststelle vorbeischauen könne? Der Amtsleiter würde ihn bis neun Uhr am Abend erwarten. Giovanni ließ sich erklären, wo die Polizeidienststelle war: wenige Schritte vom Finanzpräsidium entfernt. Also war es gut, die Sache gleich zu erledigen. Er ging in sein Zimmer hinauf, wusch sich kurz und ging wieder weg. Auf der Via Atenea traf er wieder die drei jungen Burschen, die ihren Hut immer noch nach rechts und nach links zogen.

Als Giovanni das Büro des Polizeiamtsleiters Spampinato betrat, fand er zwei Männer vor. Beide waren mit Grabungs- und Räumungsarbeiten beschäftigt. Der, der hinter dem Schreibtisch saß, hatte seinen rechten Zeigefinger in der Nase; der andere saß rittlings auf einem Stuhl und reinigte sich die Zähne mit dem ungewöhnlich lang gewachsenen Fingernagel seines kleinen Fingers. Der Eindruck, den Giovanni vom Leiter der Polizeidienststelle gewann, war der, daß es sich bei ihm um einen ganz gewöhnlichen Mann handelte, der alles tat, um noch gewöhnlicher zu wirken: ungepflegt, die Jacke mit wer weiß was befleckt, aufgeknöpfte Hose. Er war dick und schwitzte. Der andere dagegen war dürr und hatte ein Pferdegebiß.

»Setzen Sie sich doch«, sagte der Amtsleiter, ohne auch nur die geringste Anstalt zu machen aufzustehen. Und auf den anderen weisend:

»Das da ist mein Bruder Gnazio.«

Giovanni wollte keine Minute länger als unbedingt nötig in der Gegenwart dieser beiden verbringen und blieb deshalb stehen.

»Sie wollten mich sprechen? Worum geht es?«

»Wissen Sie, daß der Signor Polizeipräsident mir einen ganz ungeheuerlichen Refsenserm gehalten hat?«

»Ich habe nicht verstanden, was der Polizeipräsident Ihnen gehalten hat. Aber hat das etwas mit mir zu tun?«

»Sicher, ja. Zumindest wird es was mit Ihnen zu tun bekommen. Es handelt sich darum: Der Signor Polizeipräsident hat mir vorgeworfen, daß ich Ihren Exkollegen Bendicò, der, unter uns und ganz offen gesagt, an Stelle des Kopfes eine aufgeblähte Schwanzeichel hatte, ohne Begleitschutz gelassen habe, nachdem der eine oder andere anonyme Brief gekommen war.«

»Ich verstehe immer noch nicht, warum die Sache etwas mit mir zu tun haben sollte.«

Amtsleiter Spampinato antwortete nicht gleich, er musterte den Fremden von Kopf bis Fuß und gelangte zu der Überzeugung, daß dieser Inspekteur mit all seinem Überlegenheitsdünkel ihm die Eier zum Dampfen brachte.

»Hat sie! Denn sobald Sie am Montag Ihren Dienst antreten, müssen Sie mir mitteilen, in welchen Mühlen Sie Ihre Inspektion durchführen wollen.«

»Nicht im Traum.«

»Schauen Sie: Ich muß, auf höheren Befehl, einen Begleitschutz für Sie auf die Beine stellen. Auf diese

Weise habe ich, sollte zufällig jemand auf Sie schießen, keine Verantwortung.«

Giovanni sah ihn an und sagte nichts.

»Hören Sie mir gut zu, Signor Inspekteur. Ihr Exkollege Tuttobene ist sehr wahrscheinlich umgebracht und den Fischen, die eigentlich er essen wollte, zum Fraße vorgeworfen worden. Ihr anderer Kollege Bendicò ist erschossen worden, und die Hunde haben ihn in Stücke gerissen. Hab' ich mich klar ausgedrückt?«

»Durchaus. Und ich sage noch einmal: Nicht im Traum.«

»Kann man die Gründe dafür erfahren?«

»Sicher. Aus Gewohnheit entscheide ich über Inspektionen am Abend zuvor. Und ich teile mein Ziel niemandem mit. Würde es jemand erfahren, könnte er, auch ganz unbeabsichtigt, Außenstehenden den einen oder anderen Hinweis zukommen lassen. Dann ist die Überraschung im Eimer.«

»Dann habe ich wahrscheinlich richtig verstanden, daß wir vorher nichts darüber erfahren werden, was Ihnen durch den Kopf geht im Hinblick auf das angepeilte Ziel.«

»Das haben Sie ganz richtig verstanden.«

Der Leiter der Polizeidienststelle verzog sein Gesicht.

»Tja, Geduld. Wenn Sie eines Abends nicht nach Hause zurückkehren, werden wir uns auf die Suche nach Ihnen irgendwo in einer Schlucht machen.«

Der Dürre brach in schallendes Gelächter aus, während er sich gleichzeitig weiter die Zähne reinigte. Spampinato steckte wieder seinen Finger in die Nase. Offenkundig war das Gespräch beendet. Giovanni ging hinaus, ohne zu grüßen.

»Gnazio«, sagte der Amtsleiter zu seinem Bruder. »Lauf schnell zu Advokat Fasùlo und sag ihm, daß der Inspekteur nicht angebissen hätte. Sag ihm auch, er soll mich bei Don Cocò entschuldigen: das Mögliche hätte ich versucht.«

Nach dem Gespräch mit dem Makler, der gekommen war, um mit ihm den Umzug am folgenden Morgen abzusprechen, aß Giovanni im Hotel. Allerfrischeste Meerbarben aus dem nahen Vigàta. Und weil er eben ein Mann mit Sinn für kulinarische Köstlichkeiten war, verging seine schlechte Laune nach der Begegnung mit dem Polizeiamtsleiter im Nu. Er stieg in sein Zimmer hinauf, zog sich aus, wusch sich und öffnete den Koffer, in welchem sein Nachthemd lag. Im Bett gingen ihm noch einmal die drei jungen Burschen von der Straße durch den Kopf. Er stand wieder auf und zog aus der Futtertasche auf der Innenseite des Koffers einen Brief. Den hatte ihm sein Freund Gigi Piràn im vergangenen Monat geschickt. Gigi war ein ganzes Jahr lang in Montelusa als Beamter der Präfektur tätig gewesen. Es war ein langer Brief, und Giovanni hatte ihn als eine Art Verhaltensführer mitgebracht.

»Die vielen Müßiggänger der Stadt gehen unterdessen auf und ab, immer im gleichen Trott, vor Langeweile zusammenbrechend, mit dem Automatismus von Schwachsinnigen, auf und ab auf der Hauptstraße, der einzig ebenen in diesem Ort, mit dem schönen griechischen Namen Via Atenea, die allerdings genauso eng ist wie die anderen und voller Windungen.«

Todmüde von der Reise und dem im Finanzpräsidium verbrachten Tag machte er das Licht aus und schickte sich an zu schlafen.

Kaum hatte das Dienstmädchen Catarina erzählt, was sie von ihrer Mutter Pippineddra über die morgendlichen Besuche Donna Trisìnas in der Sakristei gehört hatte, wurde Signoradonna Romilda Brucculeri totenbleich und schloß sich ins Schlafzimmer ein. Dabei schlug sie die Türe so fest zu, daß ein Stück Putz auf den Boden fiel. So kam es, daß der Cavaliere, ihr Gatte, als er zum Abendessen nach Hause zurückkehrte, seine Rechtmäßige nicht in der Küche vorfand.

»Wo ist die Signora?« fragte er Catarina.

»Im Schlafzimmer.«

Er ging hinüber. Seine Frau lag ausgestreckt auf dem Bett, bei gelöschter Lampe.

»Was ist mit dir, Romildù?«

»Nichts. Nur ein bißchen Kopfschmerzen.«

»Kommst du nicht zum Essen?«

»Nein. Hab' keinen Appetit.«

Der Cavaliere aß allein. Catarina wußte, wie man in der Küche hantierte, und ihr Herr wollte ihr danken, indem er seine Hand über ihre Pobacken gleiten ließ, die hart wie Eisenerzgestein waren. Übrigens auch die Brüste. Die Kleine lächelte ihn an.

»Morgen früh, wenn die Signora zur Messe ist?« fragte der Cavaliere voller Hoffnung.

»Wie Euer Ehren will.«

Der Pakt war geschlossen. Der Cavaliere ging auf den Abort, säuberte sich wie ein frischgebackener Ehemann und schlüpfte ins Bett. Es war Samstagabend, und daher mußte er der ehelichen Pflicht nachkommen. In der Hand spürte er noch die Festigkeit der Pobacken des Dienstmädchens und stellte sich vor, was sie am nächsten Morgen miteinander treiben würden, wenn seine Frau die Messe hörte. Er fühlte, daß seine Waffe strotzte.

Seine Gattin, die sich inzwischen ausgezogen hatte und unter die Bettücher geschlüpft war, hatte ihm den Rücken zugekehrt. Er streckte eine Hand aus und legte sie auf die üppige Hüfte seiner Frau.

»Was machst du, Romildù, schläfst du?«

»Ja.«

»Und wie ist es mit einem ganz kleinen Küßchen?«

»Ich hab' dir gesagt, ich hab' Kopfschmerzen, langweil' mich nicht.«

Der Cavaliere zog seine Hand zurück. Na, dann nicht, dann geht das gesamte Aufgesparte eben an Catarina, das Dienstmädchen.

Don Memè Moro hatte zum Mittagessen nichts angerührt. Nach dem Ärger im Gericht über das Urteil, das ihn um ein weiteres Grundstück zu Gunsten von Padre Carnazza enteignete, stand ihm der Sinn nicht nach Essen. Er saß da mit weit aufgerissenen Augen und antwortete nichts auf die besorgten Fragen seiner Frau. Früh am Nachmittag ging er in das Haus auf dem Landstück Pircoco, das ihm für den Augenblick noch gehörte, und schloß sich darin ein. Er war bereit, seine Eier zu verwetten, daß der Schiedsentscheid für ihn mistig ausgehen würde. Um seine Nervosität ein bißchen loszuwerden, holte er aus dem Beutel den Revolver hervor, den er immer bei sich trug, und schoß der Reihe nach auf einen Baum, eine Eidechse, einen Spatz, einen Stein, einen verrosteten Eimer und einen streunenden Hund. Dann wurde er im wahrsten Sinn im Kopf verrückt. Er jaulte so laut auf, daß man ihn für einen hungrigen Wolf hätte halten können, sprang an die zehnmal in die Luft, spuckte hoch und stellte sich darunter, so daß die Spucke ihn voll traf, er pinkelte sich voll, fing an zu weinen und,

Rotz und Wasser heulend, führte er den Lauf des Revolvers an die Schläfe und zog ab. Klick. Bevor er ohnmächtig vor Angst zur Erde stürzte, hatte er noch Zeit zu denken, daß das Magazin nur sechs Schüsse enthielt. Gegen acht Uhr abends kehrte er nach Hause zurück. Er bot einen entsetzlichen Anblick: sein Haar stand zu Berge, seine Augen waren irre, ein konvulsivisches Zittern schüttelte ihn. Seine Frau legte ihre Hand auf seine Stirn und zog sie hastig zurück: wenn's wenig war, dann hatte ihr Mann mindestens vierzig Grad Fieber.

In seinem Bett im Hotel Gellia warf Giovanni sich hin und her. Er befand sich in den Fängen eines Nachtalbs, eines Drucks, einer Last, die ihn mit Angst erfüllte, so daß er ständig zusammenzuckte. Er stand in einer Mühle, doch in dieser Mühle war niemand. Er hatte angefangen zu rufen, doch niemand antwortete. Da trat er in einen großen Raum, aber auch dort war nichts, nicht einmal ein leerer Sack. In einer Ecke befand sich lediglich ein Haufen Mehl. Das war schmutzig, so, als wäre es mit fast schwarzem Schlamm vermischt worden. Die Tür in seinem Rücken hatte sich geschlossen. Er versuchte, sie zu öffnen, indem er an ihr rüttelte. Nichts. Als er wieder in den Raum blickte, bemerkte er, daß der Mehlhaufen größer und größer wurde, eine eigentümliche Form annahm, zu einer riesigen Spinne wurde und ganz langsam auf ihn zukrabbelte. Mit dem Rücken zur Wand sah er, wie dieses ekelerregende Tier ihm so nahe kam, daß es mit seinen behaarten Beinen fast schon sein Gesicht berührte. Die Augen dieses Tieres waren menschliche Augen, und sie blickten ihn voller Mitleid an.

»Mischineddru!« sagte die Spinne zu ihm auf sizilianisch, »du Armer!«

Schweißgebadet wachte er auf, sein Herz raste.

Was hatte das zu bedeuten?

Sonntag, 2. September 1877

Wie vereinbart, holte der Makler ihn im Hotel ab, zu einer Stunde, als man die Dunkelheit noch in Scheiben hätte zerschneiden können. Mit Hilfe zweier Träger luden sie die Koffertruhe und weitere drei Koffer auf die Kutsche und fuhren in Richtung Vigàta, wo der Makler ihm das Häuschen am Meer zur Miete besorgt hatte.

»Sie wollen bitte meine Frage verzeihen, Signor Inspekteur, aber ist es wirklich sinnvoll für Euer Ehren, in Vigàta zu wohnen, wo Ihre Amtsgeschäfte Sie doch in Montelusa halten?«

»Ich bin gern in der Nähe des Meeres, ich mag's, wenn ich's höre. Übrigens, was das Herumkommen angeht, haben Sie da ein gutes Pferd für mich gefunden?«

»Gut? Es scheint ganz heißblütig zu sein.«

»Finde ich es drüben beim Haus?«

»Nein. Die Eigentümerin wird es Ihnen heute nach dem Mittagessen bringen lassen. Sie ist übrigens dieselbe, die Ihnen das Haus vermietet. Donna Trisìna Cìcero heißt sie. Sie ist Witfrau, ihr Gatte hat ihr alles hinterlassen, was man sich nur wünschen kann.«

Giovanni dachte, er habe nicht richtig verstanden. »Habt Ihr gesagt, sie sei eine reiche Witwe?«

»An Geld fehlt es ihr sicherlich nicht.«

»Wenn sie so reich ist, warum vermietet sie dann Häuser?«

»Weil sie auf diese Weise noch reicher wird.«

Dagegen konnte man nichts einwenden, die Erklärung überzeugte.

»Auf dem Land und in den Dörfern der Provinz«, hatte Gigi Piràn in seinem Brief geschrieben, »ereignen sich blutige Verbrechen, offen oder auf Bestellung, wegen plötzlicher Auseinandersetzungen oder aus geplanter Rache, und von Schmiergeldern, Viehraub und Menschenentführung hört man ununterbrochen, derartige Fälle kann man gar nicht mehr zählen, sie sind das Ergebnis von Not und Elend, von unbändiger Unbildung, von Härte und Mühsal, die zu Verrohung führen, und auch das Ergebnis der weiten, verbrannten, karstigen und schlecht bestellten Einöden.«

Verbrannte, karstige Einöden? Nach nicht einmal zehn Reiseminuten war sein Kutscher einer prunkvollen Kutsche ausgewichen.

»Das ist die Kutsche des Deputierten Casuccio«, hatte der Makler erklärt. Und dann kleine bemalte Fuhrwerke mit Familien in Festtagskleidung oben drauf. Und dann wieder Männer zu Pferd, auf Eseln und Maultieren. Die Kutsche fuhr zum Meer hinunter, zwischen Mandelbäumen, Weinhängen und Wäldern aus Sarazeneroliven. Jedenfalls vertagte Giovanni sein Urteil: Schließlich kannte er weder einen Ort noch das Land im Inneren.

»Der Ort, durch den wir jetzt fahren, heißt Villameta. Linker Hand die Villa von Advokat Fasùlo.«

Fasùlo? Derselbe, der in Bendicòs Büro war?

Nach fünfminütigem Schweigen sagte der Makler wieder etwas.

»Rechts sehen Sie jetzt das Haus des Barons Trifirò.«

Wieder fünf Minuten Stille.

»Ebenfalls direkt vor uns die Villa des Marchese Tortenova.«

Zehn Minuten Stille.

»Links jetzt die schöne Villa von Don Cocò Afflitto.«

Cocò Afflitto? War das nicht der, der versucht hatte, ihm die Mahlzeit zu spendieren?

Sie fuhren über eine kleine Brücke. Das Flußbett darunter war völlig ausgetrocknet.

»Und das ist der Fluß Càvusu, damit sind wir schon auf vigatinischem Gebiet. Jetzt biegen wir gleich ab, und dann steht da auch schon Ihr Haus.«

Die Kutsche bog ab. Die Luft war frisch, und das beflügelte sein Herz.

»Dominovobisdu.«

»Ettkumm spiri tutuho.«

»Ite, missa jetzt.«

Die Gemeindemitglieder, sonntags zahlreicher als an den anderen Tagen, erhoben sich langsam. Donna Trisìna hustete zweimal, was bedeutete: »Gleich komme ich.« Auf halbem Wege zwischen Hochaltar und Sakristeitüre wurde Padre Carnazza seinerseits von einem schweren Husten befallen. Für einen Augenblick war Donna Trisìna verwirrt: Was wollte diese Husterei sagen? Sollte das etwa eine Antwort auf ihre Hüstelei sein? Doch zwischen ihnen gab es keine Absprache über einen Austausch von Husten, und so wurde Donna Trisìna wieder zuversichtlich. Vielleicht hatte sich bei dem geistlichen Herrn ja nur etwas quergesetzt, oder es war eine Grippe, eine Erkältung im Anzug. Sie wußte ja nicht, daß Padre Carnazzas Husterei ein an Signoradonna Romilda gerichtetes Signal war, die sich ganz sicher in der Kirche befand, wie jeden Sonntag, und dieses Signal bedeutete: »Romilda, komm nicht, such mich nicht auf, es gibt ein paar Schwierigkeiten.« Doch als Signoradonna Romilda diese Husterei hörte, wurde sie wütend: Seit vierzehn Tagen hatte dieser gehörnte Diener Gottes sie von sich fern gehalten, um sich in aller Ruhe an der neuen Nutte laben zu können. Und sie hatte wirklich geglaubt, daß er verhindert wäre. Doch jetzt, nachdem Catarina, das Dienstmädchen, ihr erzählt hatte, wie die Dinge standen, war sie entschlossen, diesen Priester nicht so leicht davonkommen zu lassen. Sie verließ die Kirche mit den anderen und richtete es so ein, daß sie genau vor dem Kirchenportal mit Donna Filippa La Lumìa ins Gespräch kam und sie fragte, wie es denn ihrem Hüftschmerz gehe. Donna Filippa brauchte nur darauf angesprochen zu werden, und schon begann sie einen Monolog von mindestens, allermindestens einer halben Stunde. Während Donna Filippa in Bekanntomanie für sie eine Lehrstunde über die Hüfte hielt, wandte Signoradonna Romilda nicht eine Sekunde ihren Blick von der Kirchentüre ab. Nach einer viertel Stunde machte sie kurzen Prozeß: Sie ließ Donna Filippa einfach stehen und ging in die Kirche zurück. Ganz sicher würde sie sie erwischen, den Gottesmann und diese Pantoffelschlampe, während sie mit der Gewissensacheda zugange waren.

Ihr Gatte dagegen, Cavaliere Brucculeri, hatte die Gewissesacheda schon hinter sich. Kaum hatte er gehört, daß sich die Türe hinter seiner Frau, die zur Messe ging, geschlossen hatte, war er in die fensterlose Kammer neben der Küche gestürzt, in der Catarina, das sechzehnjährige Ding, einen bleiernen Schlaf schlief. Gerade ins stockfinstere

Dunkel eingetreten, drang auch schon der Geruch von Wildkaninchen in seine Nase, der von der Kleinen ausströmte, ein Geruch, der auf Cavaliere Brucculeri eine wohltuende Wirkung in jenem Körperteil ausübte, der gleich in Funktion treten sollte. Er zündete eine Kerze an.

»Catarì?«

»Uuuummmm?« sagte das Dienstmädchen.

Sie lag zwischen Schlafen und Wachen, benommen, wie er es gerne hatte. Er hob das Bettuch hoch, und schon war es, als habe eine ganze Familie von Wildkaninchen ihren Bau hier errichtet. Er faßte Catarina bei den Füßen, zog sie in die Mitte des Bettes, und während sie, wie eine Stoffpuppe, in alle Richtungen sackte, zog er ihr das Nachthemd aus, legte sie wieder hin, öffnete ihre Beine, stieß hinein und kam.

»Uuuummmm?« sagte das Dienstmädchen.

Cavaliere Brucculeri stöhnte und schnaubte, lag mit dem Bauch nach oben, fühlte sich gleichzeitig stolz und tot, wegen der Anstrengung, die er auf sich genommen hatte. Catarina drehte ihm den Rücken zu, die sonntägliche Zudringlichkeit war vorbei. Bevor sie wieder in Schlaf fiel, dachte sie an ihren Bruder Aitàno, der der erste richtige Mann war, den sie kennengelernt hatte, als sie zwölf war, und den sie immer wieder kennenlernte, wenn sich die Gelegenheit dazu bot. Dieser Aitàno war in der Lage, beim ersten Tageslicht seinen Schlüssel ins Schloß zu stecken und ihn erst wieder bei Dunkelheit herauszuziehen, ohne ihr auch nur die Zeit zu lassen, einen Bissen Brot zu sich zu nehmen.

Er begriff auf der Stelle, daß die Verhandlung lange dauern würde. Padre Carnazza in seinem bestickten Morgenmantel und Donna Trisìna saßen schicklich jeder auf einem Stuhl am kleinen Tisch des Eßzimmers.

Der Vorschlag des Gottesmannes war, daß die Frau sich nackt anschauen lassen sollte.

»Nur anschauen?«

»Blind soll ich werden und niedergestreckt soll ich sterben!« schwor Padre Carnazza.

Trisìna sah ihn zweifelnd an.

»Und was, wenn ich nackt bin und Euer Ehren, statt nur zu schauen, sich zu schaffen macht? Ich kann ja nicht einmal flüchten, nackt wie ich bin.«

Sie brauchten an die zehn Minuten, um eine Übereinkunft zu finden. Trisìna sollte angezogen bleiben: sie würde lediglich ihre Unterhosen bis zum Boden herunterlassen, ihren Rock, Unterrock und das Leibhemd weit nach oben heben und stehend, ohne sich aufs Bett zu legen, sich in aller Ruhe anschauen lassen.

»Gut, so wie du es willst«, seufzte der Priester.

»Und ich, was springt für mich dabei heraus?«

»Ein Doppel Bettücher, brandneu.«

»Einverstanden.«

»Und du läßt dich von vorne und von hinten anschauen.«

»Nein, nicht von hinten. Wenn Euer Ehren mich von vorne und von hinten anschauen will, müssen Sie mir ein weiteres Doppel Bettücher schenken.«

»Einverstanden.«

»Erst gehen Sie die Bettücher holen.«

Der Priester ging ins Schlafzimmer, öffnete einen großen Schrank, nahm zwei Doppel Bettücher mit den verschlungenen Initialen AC, kam zurück und legte sie auf den Tisch.

»Jetzt laß uns ins Schlafzimmer gehen.«

»Nein, nicht. Wozu denn? Wenn's nur ums Schauen geht, können wir das auch hier machen.«

»Aber ich will dich genau anschauen, wie du dir die Unterhose runterziehst. Und das mußt du ganz, ganz langsam machen.«

Ihren Blick fest in seinem Blick, erhob sich Trisìna, hob den Rock hoch, den Unterrock, das Leibhemd, und in genau diesem Augenblick machte die Holztreppe deutlich krack. Sie fuhren zusammen. Irgendwer kam herauf. Trisìna ließ die Kleider wieder herunter und setzte sich. Krack, krack, kraaaack machte die Treppe.

»Die Sache, von der Sie da gerade gesprochen haben«, begann Padre Carnazza laut, »ist äußerst heikel, Donna Trisìna.«

Krack, kraaaack.

»Und zwar so heikel, daß es vielleicht gut wäre, wenn ich sie Seiner Exzellenz dem Bischof zur Kenntnis brächte«, sagte der Priester, sein Theater weiterspielend. Aber wer zum Teufel kam da die Treppe hoch?

Die Wohnungstür flog auf, und im Türrahmen erschien Signoradonna Romilda. Beim Anblick der beiden, die da miteinander sprachen, veränderte ihr Gesicht, das rot war, seine Farbe und wurde violett. Ganz ohne Frage hatten sie sie gehört und dann gleich diese Farce angefangen. Gehörnt war sie und geprügelt.

»Buongiorno, Signoradonna Romilda«, sagte diese verdammte Priesterseele frisch und fröhlich und setzte auch noch einen Gesichtsausdruck auf, der Überraschung vortäuschte.

Trisìna, diese ungeheuerliche Schlampe, erhob sich statt dessen zum Zeichen der Achtung und neigte ihren Kopf ganz leicht zum Gruße.

»Setzen Sie sich doch, Signoradonna Romilda, wir sind ja bereits fertig«, sagte er überaus förmlich.

Mit einer Kraftanstrengung, die sie ein paar Jahre ihres Lebens kostete, kontrollierte Signoradonna Romilda auf wundertätige Weise ihre Nervosität, die sie eigentlich dazu drängte, noch schlimmer zu verfahren als die Mauren zu Zeiten Karls von Frankreich.

»Nein, nein, ich komme ein anderes Mal wieder«, sagte sie, »es war nicht weiter wichtig. Einen Guten Tag.«

Sie drehte sich um und ging. Kraun, kraaauuuun machte die Treppe: jetzt, wo Vorsicht nicht mehr nötig war, stieg die Frau die Treppe hinunter, als wäre sie ein Pferd. So, als wäre nichts weiter vorgefallen, erhob Trisìna sich ganz, ganz langsam und begann aufs neue, ihren Rock hochzuziehen.

Auf den ersten Blick wirkte das Haus auf Giovanni einladend. Man gelangte über eine kleine Landstraße hin, die von der Hauptstraße abging. Sie verlief zwischen zwei Mauern, geschmückt mit Büscheln von Kapern und Hirse, Kaktusfeigen und Agaven. Am Saum eines Steilhanges endete sie, darunter weißer Sand und das türkisfarbene Meer. Rechter Hand, kurz vor dem Steilhang, verlief ein von Baumzweigen überdachter Weg, an dessen Ende sich ein rustikales Tor befand, das zu dem Haus aus Tuffstein mit den ausgefugten Ritzen aus weißem Kalk führte. Die Türen und Fensterläden waren grün gestrichen. Das Haus war wie ein auf dem Kopf stehendes T, drei Zimmer unten und eines oben, und gleich über dem großen mittleren Zimmer ein schönes Eßzimmer: in einer Ecke befanden sich zwei Herdstellen. Außerdem waren da noch ein Tisch, vier geflochtene Stühle, ein Schrank mit Geschirr, Gläsern, Gabeln, alles glänzend und sauber.

Vom Eßzimmer, das von einem kleinen Fenster und der Haustüre erhellt wurde, führte eine Treppe ins obere Stockwerk, wo ein Doppelbett stand, mit zwei Nachtkonsolen und einer Öllampe, zwei Holzsesseln und einem schönen Spiegelschrank. Die Wollmatratzen waren schön sauber auf den Unterlegbrettern des Bettes zusammengerollt. Giovanni öffnete den Schrank: drinnen lagen zwar die Kopfkissenbezüge, aber es fehlten die Bettücher. Machte nichts, am folgenden Tag würde er welche kaufen. Das Zimmer hatte zwei Fenster, eines zum Meer hin, das andere zum Land. Auch ein stilles Örtchen gab es, und zwar in einem eigenen Gelaß, mit Nachtgeschirr, einer Waschschüssel, einem gefüllten Wassereimer, einem kleinen Fenster für die Lüftung. Das alles war wunderschön sauber.

Das Eßzimmer zu ebener Erde führte links durch eine kleine Tür in ein anderes Zimmer. Das war nützlich, wenn man einen Verwandten oder Freund bei sich beherbergen wollte: ein kleines Bett, ein Nachttisch mit einer Öllampe, zwei Sessel, ein kleiner Schrank. Er öffnete ihn: leer. In dieser Nacht mußte er eben ohne Bettücher schlafen.

Vom rechten Raum zur ebenen Erde konnte man nicht ins Haus gelangen. Er hatte eine eigene Türe, die hoch und breit war. Dieser Raum war ein Stall, in welchem auch zwei Pferde und eine Kutsche untergestellt werden konnten. Stroh und Heu lagen an ihrem Platz.

Rings um das Haus standen Mandelbäume, Birnen und Aprikosen. Und auch vier Reihen Rebstöcke. In der Nähe der Haustüre Jasminbüsche.

Den Vormittag verbrachte er damit, die Koffertruhen und Koffer zu leeren und alles in Ordnung zu bringen. Die Papiere, die er aus Bendicòs Büro mitgenommen hatte, ließ er auf dem Tisch liegen. Er dachte, daß er sie sich noch eingehender ansehen wollte, gegen Abend, schließlich mangelte es ihm ja nicht an Öllampen und Kerzen.

Cavaliere Brucculeri, der jeden Sonntag vormittag im Club »Vaterland, Familie & Fortschritt« zubrachte, kam um halb eins nach Hause zum Essen. Der Tisch war gedeckt, aber Signoradonna Romilda war nicht zu sehen. Vielleicht war sie in der Küche, wo er Catarina vor sich hin trällern hörte. Er ging hin.

»Werf ich die Pasta ins Wasser?« fragte das Dienstmädchen.

Ihre Augen leuchteten, sie schien fröhlich.

»Da sieht man, daß der Fickfack heute morgen ihr gut getan hat«, dachte strahlend der Cavaliere.

»Ist die Signora zurückgekommen?«

»Jaje.«

»Und wo ist sie?«

»Im Schlafzimmer. Sie sagt, sie fühlt sich nicht wohl.«

»Ja, was ist ihr denn nur zugestoßen, dieser gottgefälligen Frau?« fragte sich der Cavaliere. Im allgemeinen bekam seine Gattin doch nur Kopfschmerzen, wenn es darum ging, den ehelichen Pflichten nachzukommen.

Er verließ die Küche, und Catarina fing wieder an zu singen. Sie war glücklich im Bewußtsein, daß ihre Herrin zweifach gehörnt war: einmal durch ihren Gatten, zum anderen durch ihren Geliebten.

Die Schlagläden am Schlafzimmerfenster waren geschlossen.

»Wie geht es dir, Romildù?«

Statt einer Antwort drangen vom Bett Schluchzer und das Hochziehen der Nase zu ihm herüber.

»Kann ich ein kleines bißchen Licht machen?«

»Nein!« schrie Signoradonna Romilda.

»Kann man erfahren, was du hast?« fragte Cavaliere Brucculeri, als er sich seufzend auf den Rand des Bettes setzte. Natürlich würde die Sache ihre Zeit brauchen und langweilig sein. Was für ein Glück, daß er die Pasta noch nicht ins Wasser hatte werfen lassen.

»Ich schäme mich! O heilige Mutter Gottes, wie ich mich schäme!«

Sie schämte sich? Was konnte ihr denn nur zugestoßen sein? Romilda hatte ein freundliches Wesen. Sollte etwa irgendein kleiner Straßenbengel ihr im Vorübergehen eine Ungehörigkeit gesagt haben? Seine Gattin war ja so delikat, so feinfühlig!

»Vor deinem Manne brauchst du dich doch nicht zu schämen.«

»Mir ist etwas Schreckliches passiert, Lollò!«

Lollò war der Bettname des Cavaliere, der, den Signoradonna Romilda hauchte, wenn sie sich umarmen ließ, nachdem das Licht gelöscht war.

»Komm, erzähl.«

»Schrecklich, schrecklich, Lollò.«

»Sag's mir trotzdem.«

»Heute morgen, als die Messe vorbei war, bekam Padre Carnazza auf dem Weg in die Sakristei einen fürchterlichen Hustenanfall. Ich wollte zu ihm laufen und ihn gleich fragen, ob er eine Grippe bekommen habe und irgend etwas brauche. Aber da hielt mich Donna Filippa La Lumìa auf und fing an, mir alles über ihre Hüftschmerzen zu erzählen. Schließlich machte ich mich von ihr los und ging in die Sakristei. Der Priester war nicht da. Dann rief ich unten von der Treppe her, die in seine Wohnung hinaufführt, nach ihm, aber er antwortete nicht. Ich machte mir Sorgen, stieg hinauf. Im Eßzimmer war er nicht. Da ging ich ins Schlafzimmer ... Ogott, ogott, ogott, wie ich mich schäme! Eine Feuerlohe bin ich ja vor Scham! Ogott, ogott, was für eine Pein!«

»Romildù, das darfst du nicht sagen.«

»Die Schlafzimmertüre ging zu. Ich drehte mich um, weil ich an einen Windschlag dachte, an einen Durchzug, irgend so was ... Padre Carnazza hatte sich hinter der Türe versteckt, das war der Grund, weshalb ich ihn nicht gesehen hatte, und jetzt stand er vor mir ... nackt! Ogottogottogottogott!«

Cavaliere Brucculeri sprang vom Bett auf, und zwar mit solch einem Satz, daß er sich die Hörner beinahe an der Decke abgebrochen hätte.

»Diese Schmach hat er dir angetan?«

»Noch schlimmer, Lollò, noch schlimmer!«

»Noch schlimmer?!«

»Ja, Lollò! In der Seele hat er mich beleidigt, in der Seele!«

»Laß die Seele jetzt beiseite, Romilda! Und antworte mir ganz genau: hat er's geschafft? Hat er's geschafft, dieser Stinkbalg von Priester, dich zu dem Najaduweißtschon zu bringen? Was? Hat er's geschafft?«

Die Antwort war ein Weinkrampf.

Nachdem Mittag vorbei war, begann Giovanni, Appetit zu verspüren. Genauer gesagt: Hunger. Er mußte die knapp zwei Kilometer zu Fuß zurücklegen, die zwischen seinem Haus und Vigàta lagen: da würde es ja wohl eine Hosteria geben. Als er zu dem Weg am Steilhang kam, betrachtete er ihn genauer und kam zu dem Schluß, daß es ein Ziegenpfad war, der es erlaubte, bis zur Piazza hinunterzugelangen, auch wenn das nicht ganz leicht sein würde. Und während er den Pfad hinunterkletterte, mußte er sich mehrmals an Erikazweigen festhalten, die ihm in die Handfläche und in die Finger schnitten.

Blutstropfen fielen ins Gebüsch. Als er ans Meeresufer gelangt war, sich Schuhe und Strümpfe ausgezogen und die Füße ins Wasser gesteckt hatte, tauchte er seine Hände ins Wasser ein, um das Blut zu stillen, das ihm auch das Hemd ein bißchen beschmutzt hatte.

Mit ziemlich forschem Schritt gelangte er in den Ort, in dem er geboren und wohin er nie wieder zurückgekehrt war. Aber er fühlte sich innerlich nicht bewegt. Die Meeresluft verlieh ihm Flügel.

Gigi Piràn hatte ihm geschrieben:

»In Montelusa sorgen die öffentlichen Gebäude, die Präfektur, das Finanzpräsidium, die staatlichen Schulen und die Gerichte noch für eine gewisse Bewegung in der Stadt, wenn auch gewissermaßen mechanisch: inzwischen sprudelt das Leben anderswo. Industrie, Handel, also die eigentlichen Tätigkeiten, haben sich schon vor längerer Zeit nach Vigàta verlagert, in das schwefelgelbe, mergelweiße, staubige und laute Vigàta, das binnen kurzer Zeit zu einem der bevölkerungsreichsten und geschäftigsten Emporien der Insel geworden ist.«

Als er zum Hafen gekommen war, überließ er sich der Erinnerung. Er kannte die Ortschaft, ohne sie jemals gesehen zu haben. Sein Vater und seine Mutter hatten ihm in Genua immer wieder davon erzählt. Nachdem er mit zehn Jahren seine Eltern verloren hatte, hatte er weiter über Vigàta erzählen hören, vom Bruder seines Vaters, Onkel Ciccio, und seiner Frau, Tante

Giovanna, die für ihn wie eine Mutter war. Er hatte sich auf einen Poller gesetzt. Den Tauen der Boote nach zu urteilen, war der Ort genau so, wie sein Freund Piràn ihn beschrieben hatte, aber es war Sonntag, und die Boote fuhren mit niedrigen Segeln, es gab kein Hin und Her von Menschen, von Booten und Karren, man hörte kein Fluchen und kein Brüllen, das sonst die Schwefelladungen begleitete.

Hier und da eine kleine Waage, ein Kahn voll bunter Segel. Zwei Fischer flickten ihre Netze, einer der beiden hatte sich mit dem Rücken an ein zusammengerolltes Seil gelehnt, ein Matrose sicherte eine Mastspitze.

Für einen Augenblick schloß er die Augen, öffnete sie dann wieder, blickte auf das Bild vor sich, und mit leiser Stimme wiederholte er, was er sah, doch mit anderen Worten, Worten, die unversehens auftauchten, mit anderen, mit sizilianischen Klängen.

Was passierte da mit ihm? Was war dieser plötzlich hervorbrechende innere Aufruhr, der ihn verlorengegangene Sprache hinter dem Genuesischen und Italienischen wiederfinden ließ?

Und genau da, in der Mitte der Mole, gab es eine Hosteria, häßlich, rauchgeschwärzt, von Menschenhand verschandelt. Eine Bedienung, vielleicht der Patron gar höchstpersönlich, war von einem der Tische zu ihm herübergekommen.

»Eine Lengua möcht' ich.«

»Eh-hh?« machte die Bedienung.

Giovanni merkte, daß er das genuesische Wort für Seezunge gebraucht hatte. Er war völlig durcheinander.

»Bringt mir 'ne Linguata«, sagte er auf sizilianisch.

Die Seezunge, die ihm kurz darauf serviert wurde, war schön frisch und schön groß.

Immer noch Sonntag, 2. September 1877

Als er gesehen hatte und sich klar darüber geworden war, daß um halb fünf nachmittags vom versprochenen Pferd auch nicht ein Schatten (Ùmmira? hieß das hier in Sizilien nicht so?) zu sehen war, zog Giovanni das Badekostüm an, nicht jedoch die Schuhe, machte die Haustüre zu und ging noch einmal den steilen Pfad hinunter, diesmal allerdings, ohne sich die Hand aufzuschlitzen. Er legte sich auf den Sand. Irgendwann schlief er ein, ohne es zu merken. Wenn das Meer auf den Strand schäumte, hatte das manchmal bei ihm diese Wirkung.

Plötzlich fuhr er hoch. Irgend jemand bewarf ihn von oben mit kleinen Steinen. Er hörte eine Stimme, verstand aber kein Wort.

»Abbossìa! Abbossìa! Euer Ehren!«

Er stand auf, schaute sich um. Gegen den Himmel, ganz oben am Hang, stand ein Junge und fuchtelte mit den Armen, damit man ihn sehen konnte.

»Was gibt's?« rief Giovanni.

»Ich hab' das Pferd gebracht! Acchianasse!«

Acchianasse? Ja ja, hochkommen. Als er den Pfad hinaufgeklettert war, zog der Junge, der um die fünfzehn war, seine Schiebermütze, zum Zeichen des Respekts.

»Heiße Michilinu.«

Draußen vor dem eisernen Tor stand eine geschlossene Kutsche. Das Pferd aber stand festgebunden an einen Baum in der Nähe der Türe und war schon gesattelt. Er hatte den Eindruck, daß es ein elegantes und starkes

Pferd war. Er näherte sich ihm, um es zu streicheln, doch das Pferd zog sich zurück. Giovanni blieb mit der halb in die Luft erhobenen Hand stehen. Das Pferd blickte ihn fest und unverwandt an, und ohne sich zu bewegen, ließ Giovanni sich hilflos anblicken. Dann kam das Tier ganz langsam auf ihn zu, bis es mit seinem Hals seine Hand berührte.

»Es scheint wirklich ein schönes Tier zu sein.«

»Beddru? Schön? Im ganzen Gebiet von Sizilien gibt's kein gleiches! Und Euer Ehren kann sogar mit ihm sprechen, denn es versteht alles! Besser als ein Christenmensch!«

»Wie heißt es?«

»Stiddruzzu.«

Er hatte den Dialekt noch nicht ganz wiedergefunden, es gab Worte, deren Bedeutung ihm nicht gleich einfiel. Er mußte sich anstrengen, wenn er verstehen wollte.

»Stiddruzzu? Kleiner Stern?«

»Ja, genau. Wegen dem sternförmigen Fleck auf seiner Stirn.«

Giovanni stieg auf. Der Sattel war richtig, aber die Steigbügel mußten noch angepaßt werden. Er fühlte sich wohl. Gerade wollte er die Steigbügel richten, als plötzlich, mit einem gehörigen Satz, Michilinu hinten aufsprang.

»Was machst du da?«

»Cacciasse zur Kutsche rüber.«

Cacciasse? Zur Kutsche jagen? Wieso wollte Michilinu, daß er zur Kutsche jagte? Michilinu begriff, daß der Fremde nicht verstanden hatte.

»Euer Ehren soll schnell auf die Kutsche zureiten.«

»Warum?«

»Weil die Signora mir ein Zeichen gegeben hat, wir sollen herankommen.«

Die Signora? War da eine Frau in der Kutsche? Giovanni schossen vor Scham Wogen von Hitze durch den Körper. Es war lange Zeit her, daß eine Signora ihn nackt oder fast nackt, nur mit Unterhosen bekleidet, gesehen hatte. Sogar am Strand von Rimini, in den Strandbädern, gab es Abgrenzungen und Türen, welche die Männer von den Frauen trennten und Blicke hinüber und herüber verhinderten! Und erst in Sizilien! Zum Glück war die Signora Witwe, denn was man so über die Sizilianer hörte, ihr Mann hätte, wenn sie verheiratet gewesen wäre, ein paar Gewehrkugeln auf ihn abgefeuert, um die Beleidigung zu rächen und die Besudelung ihrer Ehre abzuwaschen. Er sprang vom Pferd, machte die Türe auf, trat ins Haus, lief die Treppe hoch, stürzte ins Schlafzimmer, zog das Badekostüm aus, zog sich hektisch an, sprang geschniegelt und gebügelt hinunter und eilte hinaus.

Und es hätte nicht viel gefehlt, da hätte er die Witwe umgerannt, die aus der Kutsche gestiegen war und jetzt ganz in der Nähe der Türe saß, auf einem Stuhl, den Michilinu offenbar aus dem Eßzimmer geholt hatte.

Wer weiß, warum Giovanni sich seine Vermieterin wie einen alten, über viele Jahre hinweg ausgelatschten Schuh vorgestellt hatte.

Signora Trisìna Cìcero dagegen war jung und bildschön, hatte helle, tiefe Augen, die Lippen flammend rot, die Haut weißer als Ricotta. Das Schwarz ihres Kleides konnte ihre Formen nicht verbergen, im Gegenteil. Jetzt dachte er nur noch genuesisch, in der Sprache, in der er seit seiner Jugend für Frauen schwärmte.

Er wußte sehr wohl, daß er ein Mann von geringer Phantasie war, aber es genügte, sie nur einen Augenblick lang anzusehen, um sich vorstellen zu können, wie sie nackt auf einem zerknüllten Bettlaken aussehen würde.

Er wurde rot, alles in ihm geriet durcheinander, noch nie hatte er einen derartigen Gedanken gehabt. Donna Trisìna ihrerseits sah ihn immerzu an und taxierte ihn genau. Wie das Pferd, bevor es sich streicheln ließ.

»Ich bitte Sie, mich für das eben Geschehene zu entschuldigen, Signora.«

»Was haben Sie denn eben gemacht?«

»Na ja ... ich habe nicht gewußt, daß ... daß Sie selbst vorbeikommen würden ...«

Die Frau sah ihn weiterhin an und lächelte verhalten. Unter dem Badekostüm hatte Donna Trisìna bei ihm eine Muskulatur beobachtet, die der des Pferdes würdig war. Noch nie war sie jemals zuvor einem Mann begegnet, der beim ersten Anblick ihr Blut schon so in Wallung brachte.

»Ist es Ihnen unangenehm, daß ich gekommen bin?«

»Aber woher! Was sagen Sie denn da! Außerdem ist das doch Ihr Haus.«

»Mögen Sie's?«

»Es ist bequem, gemütlich ...«

Gott! Was hatte sie nur für Augen!

»Ich mag's auch. Wenn mein gottseliger Mann nichts Besonderes zu tun hatte, sind wir von Montelusa hierher gekommen und haben die Ruhe und den Frieden genossen.«

Es war wie ein Blitz. Giovanni sah sie auf zerknüllten Bettlaken, schweißgebadet, keuchend, kurz, wie jemand, der sich gerade in der Liebe verausgabt hatte.

Donna Trisìna atmete tief ein: sie wußte genau, um wieviel Zentimeter ihre Brust sich dabei heben würde.

»O ja!« machte Giovanni, dem nichts einfiel, was er sagen könnte.

Die Witwe hatte ihm zugelächelt. Die Traurigkeit war wohl von ihr gewichen.

»Fehlt Ihnen auch nichts?«

»Du« wollte Giovanni in Gedanken sagen. Bei allem, was er fühlte, es gelang ihm nicht, sie aus seinem inneren Blick zu verbannen, sie, nackt, auf ...

»... Bettücher?« fragte die Witwe ihn.

Ein Schlag. Giovanni taumelte. Diese Frau konnte seine Gedanken lesen!

»Ent... ent... schuldigen Sie ... ich ...«

»Aber wozu entschuldigen Sie sich denn? Es ist doch ganz allein meine Schuld, wenn ich Ihnen keine Bettücher hiergelassen habe.«

Das stimmte, Bettücher fehlten. Giovanni entspannte sich, schwitzte aber weiter: die Augen dieser Frau brachten sein Inneres in Aufruhr.

»Michilinu ist hinter dem Haus. Ich lasse ihn einen Korb Obst für Sie pflücken.«

Ein schönes Zeichen, das! Beide, alle beide nackt auf den Bettüchern, sie, während sie eine reife Feige schält ...

»'nen ganzen Korb hab' ich gepflückt, voll bis zum Rand!« verkündete Michilinu, als er wieder auftauchte.

»Soll ich Ihnen noch mehr pflücken lassen?«

»Nein, das reicht, danke, Signora. Wenn's wieder mal sein soll, kann ich sie dann selber pflücken.«

»Und Sie wissen, wann der Augenblick gekommen ist, wo die Früchte gepflückt werden müssen?«

Nein, nicht so, verflixt noch mal! Die Frage, nein, nein, die Frage hatte sie nicht so ohne Hintergedanken gestellt, wie sie glauben machen wollte! Um so mehr, als ihre Lippen, zwei Flammen, sich ein ganz klein wenig zu einem vielsagenden Lächeln geöffnet hatten.

»Michilinu!« rief Donna Trisìna, und Giovanni, der ganz in ihren Anblick versunken war, erschrak.

Michilinu erschien an der Türe. Er hatte den Korb ins Haus gebracht.

»Geh zur Kutsche, da liegt ein Paket mit zwei Doppeln von Bettüchern. Bring sie her.«

Während Michilinu wegging, sagte Donna Trisìna ganz langsam:

»Das sind zwei Doppel brandneuer Bettücher.«

Ein Gedanke schoß ihr durch den Kopf: die Initialen von Padre Carnazza waren darauf gestickt, die gleichen allerdings wie die ihres Gatten.

»Die hat mein gottseliger Gemahl machen lassen! Ich hab sie heute morgen genommen, weil ich sie in ein anderes Haus bringen wollte, das ich besitze. Aber vielleicht kommen sie Ihnen jetzt gelegener.«

»Danke, Signora, aber das ist nicht nötig.«

»Sind Sie verheiratet?«

»Nein. Nicht einmal verlobt.«

Bei ihr kam es ihm ganz spontan, über seine Verhältnisse zu sprechen.

»Von wo sind Sie, wenn ich fragen darf?«

»Ich bin genau hier geboren, in Vigàta.«

»Ach, wirklich?!«

»Ja, aber mit drei Monaten bin ich nach Genua gekommen, wo ich aufgewachsen bin, dort habe ich die Schule besucht und studiert, dort ...«

»Ihr Vater und Ihre Mutter leben in Genua?«

»Sie sind gestorben, als ich noch klein war. Ich bin bei einer Tante aufgewachsen.«

»Mischineddru! Ach, Sie Armer!«

Sie warf ihm, wie ein Streicheln, einen mitleidvollen Blick zu. Giovanni spürte einen kalten Schauer über seinen Rücken laufen: das gleiche Wort, der gleiche Blick wie bei der Spinne im Traum der vergangenen Nacht.

Michilinu kam angelaufen. Wie er so auf den Stuhl sprang, war er fast so groß wie Giovanni. Er nahm das Paket mit beiden Händen, hielt es einen Augenblick mit ausgestreckten Armen und reichte es dann Giovanni mit ernstem Gesichtsausdruck. Eine lautlose Zeremonie.

»Guten Abend«, sagte die Frau, drehte sich um und ging zur Kutsche.

Giovanni, der lange mit dem Paket in den Händen da stand, erholte sich einigermaßen, gerade so viel, um ein durchtriebenes Lächeln aufzusetzen.

Die ganze Nacht über konnte Don Memè Moro kein Auge zumachen, er wälzte sich im Bett hin und her, und immer wieder tauchte vor seinen Augen das Gesicht von Padre Carnazza auf. Es würde noch viele Tage dauern, bevor die Antwort des Schiedsentscheids über das Landstück Pircoco einträfe, aber er war sich jetzt schon sicher, daß das Ergebnis negativ sein würde, dafür könnte er seine Hand ins Feuer legen. Am Vormittag ging er wütend und zerstörend durchs Haus, alles, was er in die Hände nahm, fiel zu Boden, auch hatten ihn Beschwerden im Bauch heimgesucht, die ganz sicher nervöse Ursachen hatten und ihn zwangen, mehr Zeit auf dem stillen Örtchen zu verbringen als in den anderen Zimmern. Um auf den Abort zu gehen, mußte er eine Stufe nehmen: zehnmal stieg er sie hoch und zehnmal stolperte er über sie. Und jedesmal, wenn er stolperte, versetzte er ihr einen Tritt. Das Ergebnis war, daß sein Fuß zur Mittagszeit geschwollen war und er humpelte. Er aß nichts. Nachmittags um drei weckte er seine Frau, die ein kleines Schläfchen hielt.

»Ich geh' aus dem Haus.«

»Wo willst du denn hin, so wie du humpelst?«

»Aufs Land.«

»Nimm wenigstens einen Stock.«

Im Haus auf dem Land angekommen, ging Don Memè ins Schlafzimmer, öffnete die Nachttischschublade und nahm die Schachtel mit den Kugeln für den Revolver, den er in der Tasche bei sich trug und der seit dem Vortage leer war. Vierundzwanzig Patronen waren da, und das hieß vier volle Ladungen. Er ging in den Hof hinunter, und während er die Waffe lud, kam ein Alter vorbei, der seine Ziegen auf dem Landstück weidete, ein Siebzigjähriger, den alle nur beim Familiennamen riefen, Aliquò, und von dem es hieß, daß er in seiner Jugend irgendwelche Probleme mit dem Gesetz gehabt habe.

»Küßdiehand«, sagte er und nahm die Schiebermütze ab.

Don Memè erwiderte den Gruß nicht einmal. Aliquò setzte sich auf einen kaputten Strohstuhl und legte den Quersack neben sich ab. Er war neugierig zu sehen, was Don Memè mit dem Revolver in der Hand tun wollte.

Memè Moro stellte einen tönernen Wasserkrug auf ein Mäuerchen und entfernte sich danach fünfundzwanzig Schritt. Er schoß die erste Ladung leer, wobei er bei jedem Schuß genau zielte: der Krug blieb ganz.

Don Memè hielt sich unter Kontrolle, ging ins Haus, trank noch ein Glas von dem guten Wein, kam heraus, lud die Trommel, zählte zwanzig Schritte und schoß. Der Krug zitterte nicht einmal. Don Memè ging wieder ins Haus, trank noch ein Glas von dem guten Wein, kam heraus, lud die Trommel, zählte zehn Schritte und schoß. Der einzige Schaden, den er anrichtete, war, daß er eine Katze umlegte, die etwa zehn Meter vom Wasserkrug entfernt auf dem Mäuerchen gesessen hatte.

Don Memè, der innerlich zitterte, Nerven, Muskeln, Hirn, Adern, Blut, alles in ihm zitterte, ging zum Brunnen, nahm einen Eimer Wasser, goß ihn sich über den Kopf, wobei er klatschnaß wurde, lud wieder und nahm das Ziel scharf ins Visier.

Er hatte einen roten Schleier vor den Augen. Als der Schleier verschwunden war, war der Krug kein Krug mehr, sondern Padre Carnazza persönlich, und die Henkel waren zwei in die Hüften gestemmte Arme. Er schrie und schoß, die sechs Schüsse waren wie ein einziger. Doch Padre Carnazza blieb am Leben.

»Schauen Sie her«, sagte Aliquò.

Er kramte in seinem Sack, holte eine Pistole von einem halben Meter Länge hervor und schoß, fast ohne zu zielen. Voll getroffen zersprang der Wasserkrug.

»Euer Ehren verwendet zu viel Fleiß«, sagte Aliquò. »Man schießt nicht mit dem Herzen, sondern mit dem Kopf. Und je leerer der Kopf ist, um so besser geht's. Wenn Euer Ehren erlaubt, bring ich Ihnen bei, wie das geht.«

Cavaliere Brucculeri wälzte sich die ganze Nacht im Bett, ohne schlafen zu können. Ihm brannte zwar die Beleidigung, die seiner Ehre zugefügt worden war, auf der Seele, aber etwas anderes machte ihn noch nervöser, und zwar der Umstand, daß seine Gattin, nach dem, was dieses Schwein von Priester ihr angetan hatte und was er ihm selbst angetan hatte, so frisch und fröhlich schlafen konnte, und dabei auch noch leicht schnarchte, wie sie es gewöhnlich tat. Wie konnte sie nur! Verstehe einer die Frauen! Beim ersten Tageslicht hielt ihn nichts mehr im Bett. Er stand auf, wusch sich, zog sich an und ging weg. Zu Fuß ging er hinunter bis ins Tal der Tempel und kam danach wieder nach Hause zurück, als es schon Zeit fürs Mittagessen war. Als er eintrat, fand er Signoradonna Romilda am Tisch sitzend vor, mit einer Gabel in der Hand vor einem Teller Spaghetti mit Ragout.

»Ich verstehe nicht, wieso du schlafen und essen kannst nach allem, was dir passiert ist!« sagte er mit leiser Stimme, weil das Dienstmädchen in der Küche stand und die Meerbarben für das Hauptgericht briet.

»Ehee!« sagte Signoradonna Romilda und seufzte tief. »Ich muß zu Kräften kommen! Verstehst du das nicht? Ich brauche Energie! Und du? Was machst du? Ißt du?«

»Nein.«

Er schloß sich in sein Arbeitszimmer ein, nahm nacheinander den *Rasenden Roland,* den *Armen Guerrino* und *Ettore Fieramosca* zur Hand und suchte die Seiten heraus, auf denen die blutigsten Duelle beschrieben wurden. Durch die Lektüre gestärkt, öffnete er um sechs Uhr die linke Schublade seines Schreibtischs, griff den Revolver, kontrollierte, ob er geladen war, steckte ihn in die Tasche und ging fort, ohne Romilda zu grüßen. Mittlerweile war er entschlossen, Rache für seine beleidigte Ehre zu nehmen. Er begann, auf dem Trottoir vor der Kirche auf und ab zu gehen, in der Erwartung, daß die Vesper bald vorüber wäre. Das Dumme war nur, daß es Sonntag war und viele Leute vorbeikamen: alle fünf Minuten mußte er den Hut lüften und sich verbeugen, mal, um einen Gruß zu erwidern, mal, um eine Person von Stand und Ansehen als erster zu grüßen. Als er den Eindruck hatte, daß auch die letzte Gemeindegläubige aus der Kirche gekommen war, ging er entschlossen hinein. Die Kirche war leer. Er wollte zur Sakristei gehen, blieb aber plötzlich stehen, als er Padre Carnazza in diesem Augenblick herauskommen sah. Der Geistliche gelangte an die Stufen des Hochaltars, kniete nieder und begann, mit gefalteten Händen zu beten. Cavaliere Brucculeri näherte sich ihm, hielt sich aber ein wenig seitlich, um ihn im Profil betrachten zu können. Aus seiner Tasche zog er den Revolver. Indessen hatte Padre Carnazza sich mit einer Hand das Gesicht bedeckt und mit der anderen angefangen, mächtig an seine Brust zu schlagen.

»Mea culpa! Mea culpa!«

Im Schein der Kerzen sah Cavaliere Brucculeri, daß der Gottesmann angefangen hatte zu weinen und, unter Schluchzen, irgend etwas murmelte. Um besser hören zu können, machte der Cavaliere einen Schritt nach vorne.

»Vergib mir, o Herr! Vergib diesem sündigen Fleische!«

Wie war es möglich, daß ein Ehrloser, ein Schurke wie der da mit solcher Inbrunst beten konnte? Daß er aufrichtig seine Scheißsünden bereute? Verwirrt hielt der Cavaliere inne und steckte die Waffe wieder in die Tasche. Wie einige Jahrhunderte zuvor ein Prinz von Dänemark (allerdings kannte der Cavaliere die Geschichte nicht), gelangte er zu der Einsicht, daß man keinen Menschen umbringen könne, der gerade betete. Ihm genügten die zwanzig Schritte bis zum Portal, um wieder hinauszugehen und zu einer anderen Einsicht zu gelangen, der nämlich, daß er nicht dazu fähig war, einen Menschen umzubringen, ob er nun betete oder nicht.

Aber ihn umbringen zu lassen, doch, dazu war er fähig.

Padre Carnazza hielt die Ohren gespitzt, bis er die Schritte des Cavaliere in der Kirche nicht mehr hören konnte. Als er aus der Sakristei gekommen war, hatte er Romildas Gatten sofort erkannt und dessen böse Absicht erahnt. Daraufhin hatte er gleich das Theater mit dem Beten und der Reue aufgeführt, in der Hoffnung, daß der andere wirklich ein solches Arschloch war, daran zu glauben. Doch so konnte die Sache nicht weitergehen. Wenn dem Signor Posthalter erst einmal die Hörner juckten, konnte sich so etwas auf gefährliche Weise wiederholen. Da mußte Abhilfe geschaffen werden.

Die Orte in der Provinz, die dem Finanzpräsidium von Montelusa unterstanden, waren fünfunddreißig, wie Giovanni aus den Karten Bendicòs ersehen konnte, mit etwas über achtzig Mühlen. Dem Hauptinspekteur von Montelusa unterstanden zehn Unterinspekteure, unter die das gesamte Gebiet aufgeteilt war. Bendicò hatte eine alphabetische Liste seiner Unterinspekteure aufgestellt, und hinter jeden Namen hatte er geschrieben, wo sich die ihm zugewiesenen Mühlen befanden.

Keinerlei Windmühlen; die letzte, an der Straße von Montelusa nach Vigàta, war seit langem aufgegeben worden. Keinerlei Wasserradmühlen, von denen es seit jeher wegen nicht ausreichender entsprechender Wasserläufe nur wenige gegeben hatte. Nur zwei Mühlen von etwas über achtzig waren dampfgetrieben, alle anderen dienten zur Niedrigmahlung, mit paarweisen Mühlsteinen, die durch Pferde unterm Joch betrieben wurden. In Reggio Emilia und seiner Provinz war die Erinnerung daran fast schon verlorengegangen. Giovanni wurde von so etwas wie einer Woge der Sehnsucht erfaßt, es kam ihm vor, als wäre er weit in die Zeit zurückversetzt worden. Bendicò hatte unter seinen Papieren auch einen Ausschnitt aus der Wochenzeitung »La Concordia« aufbewahrt, die in Montelusa gedruckt wurde. In diesem Artikel, der sich sehr polemisch über die Regierung äusserte, wurde die Geschichte der Mahlsteuer erzählt: insbesondere hieß es da, daß alle Besitzer von Wassermühlen, die in Sizilien die Aufgabe ihrer Tätigkeit den Behörden mitgeteilt hatten, verpflichtet waren, immer noch die Gewerbesteuer zu entrichten.

Ein richtiggehender Mißbrauch. Sie hatten Einspruch beim Finanzpräsidium eingelegt, und das Finanzpräsidium hatte seinerseits dem Ministerium einen Bericht vorgelegt. Dieses zeigte sich unnachgiebig: die Steuer müsse trotzdem entrichtet werden, wenn nicht in Naturalien, dann eben in Geld. 1872 war die Mahlsteuer verzehnfacht worden, als Folge davon stieg der Brotpreis. Daraufhin fand unter den Fenstern der Präfektur von Montelusa eine gewalttätige Demonstration statt, die mit vier Toten und achtzehn Verwundeten endete. Die Spannung, nicht nur auf der Insel, wuchs, und am 10. Dezember desselben Jahres schaffte die Regierung die Mahlsteuer ab. Nach genau fünf Tagen wurde sie wieder eingeführt. Die Wut über diese unverschämte Frotzelei entlud sich auf fürchterliche Weise, wurde aber entschlossen niedergeschlagen. Das Ergebnis waren zwölf Tote und vierzig Verwundete. Zum jetzigen Zeitpunkt, schloß »La Concordia«, gärt die Unzufriedenheit der Bevölkerung unterirdisch. Schließlich äußerte das Blatt die Vermutung, daß die Ermordung des Hauptinspekteurs Tuttobene von blindem Groll gegen den Repräsentanten eines nur Hunger bringenden Staates diktiert worden sei.

So schloß der Artikel, aber neben den Satz über die Ermordung Tuttobenes hatte Bendicò ein Ausrufungszeichen mit blauem Stift gesetzt.

Was war der Sinn dieses Kommentars? Er beschloß, nicht weiterzulesen. Er ging in sein Schlafzimmer hinauf und bezog die Matratzen mit den Bettlaken der Witwe. Die Lektüre der Papiere hatte ihm den Appetit verdorben, er aß nur ein paar Früchte von denen, die Michilinu gepflückt hatte. Es wurde dunkel und er zündete die Lampe an. Zu früh zum Schlafengehen. Er nahm einen Briefbogen, einen Kopierstift und fing an zu schreiben: »Tante und vielgeliebte Mamà ...«

»Signor Bovara!«

Als er die Stimme hörte, fuhr er auf seinem Stuhl zusammen. Sie kam aus der Nähe der Türe, die offen geblieben war. Er stand auf und verharrte an der Türschwelle.

»Wer ist da?«

»Freunde.«

Er konnte nur zwei Schatten erkennen, nicht weit von ihm entfernt.

»Was wollt ihr?«

Er hatte keine Angst, aber diese Störung kam ihm ausgesprochen ungelegen.

»Uns schickt Don Cocò Afflitto, der hat sein Haus hier, gleich nebenan. Er würde gerne die Ehre haben, Sie persönlich kennenzulernen. Don Cocò läßt fragen, ob Sie ihn beehren wollen.«

»Was heißt beehren?«

»Ob Sie seine Einladung annehmen, heute abend mit ihm zu essen.«

»Ah, nein. Ich habe schon gegessen. Bitte, dankt ihm vielmals.«

»Wie Euer Ehren belieben. Gute Nacht.«

»Ebenfalls.«

Und die beiden Schatten verloren sich im Dunkel der Nacht. Wieso nur wollte dieser Trottel von Don Cocò ihm unbedingt etwas zu essen geben?

Er machte die Fensterläden zu und sicherte die Türe mit einer Eisenkette.

Montag, 3. September 1877

Sie saßen am Verhandlungstisch, unser Diener Gottes in seinem bestickten Morgenmantel und Donna Trisìna hochelegant. Padre Carnazzas Brust schwoll an und fiel wieder zusammen, es war, als würde er ersticken, weil er keine Luft mehr bekam. Seine Augen hingen halb heraus, wie bei einem gerade geangelten Fisch.

»Die beiden Silberkandelaber vom Hochaltar?«

»Jawohl, mein Herr.«

»Aber die sind ein Geschenk der Marchesa Torrenova!«

»Das interessiert mich einen Dreck, wer sie geschenkt hat. Ich will sie.«

»Trisinè, versuch vernünftig zu sein, mein Schönchen, mein Herz. Die beiden Kandelaber sind nicht von mir, sondern gehören der Kirche!«

»Und die Kirche, wem gehört die? Nicht etwa dir?«

»Aber die Marchesa wird ganz sicher bemerken, daß die Kandelaber nicht mehr da sind! Die kommt doch jeden Tag! Und dann verlangt sie Rechenschaft und Erklärungen! Was soll ich ihr dann erzählen, eh? Die ist doch fähig, kleinkariert wie sie ist, sich zuerst an den Polizeileiter zu wenden und anschließend an den Bischof!«

»Ist doch ganz einfach: Euer Ehren sagt, daß die beiden Kandelaber von Dieben gestohlen worden sind und daß Euer Ehren gar nichts weiter darüber weiß.«

»Aber wenn nur, gesetzt den Fall …«

»Priesterchen, so ist es nun mal. Ihr schenkt mir die beiden Kandelaber, und ich schenke Euch dafür, was Ihr begehrt. Auch den ganzen Akt, wie Mann und Frau, auf dem Bett, im Schlafzimmer. Aber wenn Ihr etwas dagegen habt, dann hört die ganze Geschichte hier auf. Und ich komme natürlich auch noch weiter in die Kirche, aber ich komme nicht mehr hier herauf, um Sie zu besuchen. Denken Sie darüber nach. Ich lasse Ihnen Bedenkzeit bis Mittwoch.«

Sie stand auf und ging. Krack machte die Treppe. Der geistliche Herr war schweißgebadet. Die beiden sechsarmigen Kandelaber aus reinem Silber! War dieses Weib denn verrückt geworden? Ja, und er war sicherlich auch verrückt nach diesem Weib. Plötzlich sprang er auf und ging zur Türe. Trisìna war unten an der Treppe angekommen.

»Trisì!«

»Ehje?«

»Zweimal.«

»Nur einmal.«

Und sie machte Anstalten wegzugehen.

»Warte!« flehte sie der Diener Gottes an.

Unter sich sah er die Holztreppe, und es war ihm, als stünde er vor dem Höllenschlund.

»Entscheiden Sie sich nun oder nicht?« fragte Trisìna.

Er entschied sich.

»Nicht nötig, bis Mittwoch zu warten. Komm morgen früh.«

Punkt acht kam er beim Präsidium an. Stiddruzzu hatte vom Haus bis Montelusa drei viertel Stunden gebraucht. Er stieg ab, brachte das Pferd in den Reitstall des Präsidiums und übergab es den Knechten.

Dann begab er sich gleich nach oben, ins Büro des Präsidenten, der an diesem Morgen besonders schlechter Laune zu sein schien.

»Guten Morgen, Bovara. Heute bin ich wirklich nicht ...«

»Ich stehle Ihnen nicht viel von Ihrer Zeit, Signor Präsident. Ich möchte von Ihnen lediglich erfahren, wer La Mantìa und Fasùlo sind.«

»Wie?« sagte der Präsident, Commendatore La Pergola.

»Sie heißen La Mantìa und Fasùlo, und nach dem, was mir Caminiti, der Amtsdiener, erzählt hat, sind die beiden Herren, von Ihnen entsprechend autorisiert, gekommen, um in Bendicòs Papieren herumzustöbern.«

»Ach, ja. Jetzt erinnere ich mich«, sagte der Präsident, der ein Lächeln versuchte, seine Rolle aber schlecht spielte. »Ja, ja, das stimmt, sie hatten mein Einverständnis. La Mantìa ist der Stellvertreter des Polizeiamtsleiters Spampinato, er hoffte, er könnte das eine oder andere Indiz finden, das zur Enthüllung des Mörders führen würde.«

»Ich verstehe. Und hat er etwas gefunden?«

»Nein, nichts.«

»Und der andere?«

»Advokat Fasùlo, tja, wissen Sie, der ist ein frommer Mann und bereit, auch noch das letzte Hemd für andere herzugeben.«

»Ich verstehe nicht ganz, entschuldigen Sie bitte.«

»Sehen Sie, das ist eine äußerst heikle Sache ... Der arme Bendicò mochte die Weibsbilder so gern ... Sogar sehr gern ... Es heißt, er soll sogar eine blutjunge Geliebte gehabt haben ...«

»Ja, gut, in Ordnung, aber wieso dieser Advokat Fasùlo ...«

»Der ist ein frommer Mann, wie ich schon gesagt habe, großzügig ... Er hatte die Befürchtung, daß sich unter Bendicòs Papieren kompromittierende Briefe und Billetts befinden könnten ... Er wollte auf keinen Fall, daß die arme Witwe Bendicò zusätzlich zu dem Schmerz über den Verlust ihres Gatten noch weiteres Leid ertragen müßte.«

Der erzählte Geschichten, soviel war klar. Aber Giovanni wollte, zumindest für den Augenblick, nicht weiter nachfragen.

»Ich danke Ihnen, Signor Präsident.«

Commendatore La Pergola konnte einen Seufzer der Erleichterung nicht unterdrücken.

»Bovara, ich will Ihnen noch sagen, daß ich für elf Uhr heute vormittag Ihre Unterinspekteure einbestellt habe.«

Sobald er ihn auf dem Korridor auftauchen sah, stand Caminiti auf und ging ihm entgegen.

»Küßdiehand.«

»Hört zu, Caminiti, wenn Ihr mich grüßen wollt, dann sagt ganz einfach nur Guten Tag oder Guten Abend.«

»Wie Euer Ehren will«, sagte der Amtsdiener kalt.

»Seid Ihr jetzt beleidigt?«

»Aber ja doch, mein Herr, Sie haben mich beleidigt! Das bedeutet doch, daß Euer Ehren keinerlei persönlich gemeinte Worte an mich richten will! Guten Tag und Guten Abend sagt man zu einem Fremden!«

»In Ordnung, Caminiti, tun Sie's, wie Sie's für richtig halten.«

Er wollte gerade das Büro betreten, blieb aber erstaunt an der Türe stehen.

»Jeden Montag morgen um sechs kommen die Frauen zum Saubermachen«, erklärte Caminiti, der dicht hinter ihm stand. »Heute morgen bin auch ich gekommen, weil ich Angst hatte, die Frauen könnten die Papiere wegbringen, die Euer Ehren interessieren. Ich habe sie auf den Schreibtisch legen lassen.«

Der Balkon glänzte, die Fenster auch. Sie hatten sogar das Holz des Schreibtischs poliert, da war kein Stäubchen auf den Aktendeckeln der Vorgänge.

»Ich danke Ihnen«, sagte Giovanni und schloß die Türe hinter dem Amtsdiener. Er setzte sich und zog Bendicòs Papiere zu sich heran. Darunter befand sich eine große, ziemlich schlecht ausgeführte Zeichnung der Provinz, auf der aber alle zweiundachtzig Mühlen, unterteilt nach Distrikten, eingezeichnet waren. Mit Tinte war in jedem Distrikt auch der Name des zuständigen Unterinspekteurs eingeschrieben: das würde für ihn hilfreich sein, wenn seine Untergebenen bei ihm zum Bericht erscheinen würden. Er bemerkte, daß bei jeder noch so leichten Bewegung der Schreibtisch anfing zu wackeln, und so beugte er sich hinunter, um nachzusehen, was der Grund dafür war: eines der beiden rechten Beine, das vordere, das sich unmittelbar bei ihm befand, war deutlich kürzer als das andere. Und tatsächlich entdeckte er ein mehrfach gefaltetes Stück Papier, das dazu diente, den Schreibtisch im Gleichgewicht zu halten, der bei den Reinigungsarbeiten wohl unabsichtlich verrückt worden war. Er kniete sich hin und versuchte, das Stück Papier erneut unter das Bein zu schieben, doch ohne Erfolg. Man mußte es anders falten, durch die Feuchtigkeit des aufgewischten Bodens war es gewissermaßen aufgequollen. Er faltete es auseinander und bemerkte, daß es sich um eine Landkarte der Provinz handelte, in allem identisch mit der, die er kurz zuvor auf die Seite gelegt hatte, nur daß in dieser die kleinen Vierecke, die die Mühlen darstellten, von kleinen, mit Farbstift eingezeichneten Kreisen umgeben waren, einige rot, andere blau. Was hatte das zu bedeuten? Eine Bedeutung hatte das doch ganz sicher. Er nahm irgendein Stück Papier und stopfte es unter das kürzere Bein. Die Landkarte legte er auf den Schreibtisch, strich sie mehrmals mit der Handfläche glatt und begann, sie sich genau anzusehen. Um Viertel nach elf hörte er es klopfen. Er faltete die Karte zusammen und legte sie in die mittlere Schublade seines Schreibtischs.

»Herein.«

»Die Unterinspekteure wären da«, sagte Caminiti mit nur halb hereingestecktem Kopf »Nur einer fehlt noch, aber der ist krank.«

»In Ordnung, laßt sie hereinkommen«, sagte Giovanni und stand auf.

Er hatte erwartet, daß sie gruppenweise eintreten würden, statt dessen erschienen sie einer nach dem anderen, wobei sie eine strenge alphabetische Ordnung einhielten.

»Abbate Nicola.«

Eine Art Zwerg mit unglaublich großem Kopf.

»Abbate Pietro.«

Noch ein Zwerg, mit stecknadelgroßem Kopf.

»Seid ihr Brüder?« fragte Giovanni unvermittelt.

»Nein«, sagte Zwerg Pietro, rückte von Zwerg Nicola einen Schritt ab und betrachtete diesen mit einer gewissen Verachtung.

»Bongiovì Gerlando.«

Ein dritter Zwerg, der aussah wie ein Faß.

Giovanni fing an argwöhnisch zu werden. War das ein Witz? Wollte man ihn auf die Probe stellen?

»Brancato Ettore.«

Ein Vierzigjähriger, von mittlerer, normaler Statur. Giovanni atmete vor Erleichterung tief durch.

»Carcarò Gesualdo.«

Starkes Schielen, ansonsten nichts Auffälliges.

»Cumella Antonio.«

Ein hochaufgeschossener Mensch, er mußte den Kopf einziehen, um durch die Türe zu kommen.

»Ettore Emanuele.«

Der war wirklich ein Irrtum der Natur. Ein Aff, der aufgrund einer Reihe nervöser und miteinander verbundener Ticks gleichzeitig den linken Fuß heben, das rechte Auge schließen, den Mund nach links verziehen und den rechten Arm von der Hüfte wegheben konnte. Das alles krampfartig.

An Stelle des nachfolgenden Unterinspekteurs erschien Caminitis Kopf. »Fragapane Filippo fehlt, das ist der, der krank geworden ist.«

»Grasso Salvatore.«

Der machte seinem Nachnamen alle Ehre, Grasso, Dicker, das schon, doch alles andere war, Gottlob, in der Norm.

»Stracuzzi Ottavio.«

Einer wie viele andere.

»Caminiti! Bringt ein paar Stühle für die Herren herein!« sagte Giovanni.

»Das ist nicht nötig«, sagte Carcarò, mit einem Auge bei Christus und dem anderen beim heiligen Johannes. Er war der Sprecher dieser stattlichen Männerriege.

»Wie Sie wissen, ist es gerade mal drei Stunden her, daß ich mein Büro in Besitz genommen habe, und ich hatte noch keine Gelegenheit, mich mit den Problemen vertraut zu machen, die es sicher gibt. Diese Zusammenkunft, die ich für übereilt halte, hat der Signor Finanzpräsident angeordnet, ohne vorher mit mir gesprochen zu haben. Beim Überfliegen einiger Papiere meines hingeschiedenen Vorgängers habe ich feststellen können, daß Sie jeden Monat zum Bericht einbestellt wurden. Auf der Grundlage Ihrer Berichte verfaßte Bendicò ein Memorandum für den Signor Finanzpräsidenten zur Ergreifung geeigneter Maßnahmen. Habe ich das richtig verstanden?«

»Richtig verstanden«, sagte Carcarò.

»Eine Frage: wie oft kam Bendicò persönlich in Ihre Distrikte zur Nachprüfung Ihrer Feststellungen?«

»Fragen Sie, ob der Signor Inspekteur persönlich zu uns gekommen ist?« fragte Carcarò, der sicher sein wollte, daß er richtig verstanden habe, bevor er antwortete.

»Genau.«

»Erlauben Sie, daß wir das ganz kurz mal unter uns besprechen?« fragte Carcarò.

»Bitte, tun Sie das nur.«

Sie stellten sich im Kreis auf. Zuerst diskutierten sie flüsternd, dann wurde es lauter, doch Giovanni verstand trotzdem kein einziges Wort. Die drei Zwerge stellten sich von Zeit zu Zeit auf ihre Zehenspitzen, um ihre Stimme leichter ans Ohr der anderen dringen zu lassen. Am Ende stellten sie sich wieder so auf wie zu Beginn.

»Bei uns hat er sich nie blicken lassen, er hat sein Büro nie verlassen«, sagte Carcarò.

Giovanni war nicht erstaunt, er sagte nichts dazu, er hatte schon begriffen, daß die Dinge auf diese Weise vor sich gingen.

»Er verließ sich ganz auf uns, zu uns hatte er volles Vertrauen«, sagte Carcarò weiter.

Das war es also, weshalb sie sich miteinander beraten mußten! Sie hatten die Schlinge ausgelegt, die Falle! Sie wollten ihn mit diesen nach außen hin harmlos wirkenden Worten fesseln: Wenn du die Dinge, so wie sie jetzt sind, änderst, bedeutet das, daß du kein Vertrauen zu uns hast, infolgedessen hast du uns zu Feinden; wenn du die Dinge aber nicht änderst, bedeutet das, daß du eine Person bist, mit der man verhandeln kann.

Alle warteten gespannt auf seine Antwort und sahen ihn durchdringend an, sogar Carcaròs schielende Augen versuchten, sich im Mittelpunkt zu treffen.

»Es geht nicht um Vertrauen oder Mißtrauen«, erwiderte Bovara und versuchte, nicht unfreundlich zu wirken, »sondern darum, die Arbeit zu tun, für die unsereins bezahlt wird.«

»Und das ist ganz richtig so«, räumte Carcarò ein.

»Daher werde ich, wann und wie ich es für angebracht halte, persönlich in Ihre Distrikte kommen und die Mühlen inspizieren. Ich sage noch einmal: es geht nicht um Vertrauen oder Mißtrauen Ihnen gegenüber.«

»Bevor Sie kommen, benachrichtigen Sie uns da?«

»Natürlich nicht.«

»Und das nennen Sie nicht Mißtrauen?«

Unter den Unterinspekteuren gab es Gekicher und Geflüster, Carcarò strahlte im Glanz des erzielten Erfolgs.

»Diese erste Zusammenkunft ist damit beendet«, sagte Giovanni fest. »Und noch etwas muß ich Ihnen sagen: Sie werden alle vierzehn Tage zum Bericht einbestellt, und nicht, wie das bisher der Fall war, alle vier Wochen.«

Er spürte körperlich, wie die Unterinspekteure den Atem anhielten.

»Guten Tag«, sagte Carcarò dann für alle.

Kaum waren die Unterinspekteure gegangen, verschloß er die Türe mit dem Schlüssel und öffnete das Fenster: das Büro war zwar groß, doch so viele Personen in diesem Raum ließen die Luft trotzdem knapp werden. Oder wollte er den ungeheuer schlechten Eindruck vertreiben, den diese Männer auf ihn gemacht hatten? Er zog wieder die Landkarte hervor, die für den Schreibtischfuß hergehalten hatte, und ging auf die Suche nach Carcaròs Distrikt. Der war der größte von allen, er reichte von Santa Elisabetta bis Canicatti und schloß Aragona, Comitini, Grotte, Racalmuto und Castrofilippo ein. In seinem Distrikt befanden sich zehn der insgesamt zweiundachtzig Mühlen. Dann holte er aus der Ablagemappe sich die monatlichen Berichte von Carcarò hervor und fing an, diese durchzuarbeiten. Da gab es irgendetwas, das nicht stimmte, aber er verstand nicht, was.

Ein Klopfen. Er legte die Karte wieder in die mittlere Schublade zurück, verschloß sie mit einem Schlüssel, steckte diesen in die Tasche, legte Carcaròs Berichte wieder zurück in die Ablage und ging die Türe öffnen.

»Es ist nicht notwendig, daß Euer Ehren die Türe abschließen. Ich steh' draußen vor der Tür und lass' niemand herein«, sagte Caminiti sehr distanziert.

Heilige Jungfrau, waren die alle empfindlich!

»Was ist?«

»Es ist, daß Seine Xellenza, der Präsident, Sie sehen möchte.«

»In Ordnung, ich schaue dann bei ihm vorbei.«

»Aber es ist schon eins! Nachher geht Seine Xellenza essen!«

Schon eins?

Der Commendatore machte den Eindruck, als würde er ein Mißbehagen fühlen.

»Entschuldigen Sie, Bovara, wenn ich Sie habe rufen lassen. Ich möchte nicht als jemand erscheinen, der sich in Ihre Arbeit einmischt ...«

»Daran denke ich nicht im entferntesten. Immerhin sind Sie mein Vorgesetzter.«

»Schauen Sie, Bovara, das ist nicht ganz der rechte Ton für unsere Unterhaltung. Nichts mit Vorgesetzter, nichts mit Untergebener. Ich möchte Sie, wie soll ich sagen, väterlich, ja, väterlich bitten, noch einmal eine Ihrer Verfügungen zu überdenken, die Sie Ihren Unterinspekteuren auferlegt haben.«

»Haben sie sich bei Ihnen beschwert?«

»Aber woher! Beschweren! Das würden sie sich nie einfallen lassen! Sie sind nicht gekommen, um sich zu beschweren, sondern um etwas darzulegen, unbeschwert, eine bestimmte ... eine bestimmte ...«

»Verstimmtheit?« gab Giovanni vor.

Der Präsident erfaßte allerdings nicht die Ironie.

»Ja, genau das! Verstimmtheit ist das passende Wort!«

»Und diese Verstimmtheit empfinden sie, weil ich gesagt habe, daß ich persönlich die Kontrolle ihrer Arbeit vornehmen werde, ohne Vorankündigung? Oder, weil ich alle vierzehn Tage Bericht erhalten will?«

»Hören Sie, Bovara. Ich selber hatte Bendicò mehrfach gedrängt, die Inspektionen persönlich vorzunehmen ... aber, sehen Sie, er war ja schwer herzkrank, der Arme, glauben Sie mir, jede noch so kleine Bewegung hätte ihm schweren Schaden zugefügt.«

Was denn nun?! Bendicò stand mit einem Bein bereits im Grab und war eigentlich schon mehr dort als hier, und trotzdem vögelte er sich durch die Gegend?

»Und wenn Sie sich recht erinnern«, fuhr der Commendatore fort, »habe ich Ihnen eine Kutsche zur Verfügung gestellt, weil ich es für die oberste Pflicht eines Hauptinspekteurs des Finanzpräsidiums halte, ich sage noch einmal: oberste Pflicht ...«

»Dann beschweren sie sich also über die vierzehntägliche Einbestellung?« unterbrach Giovanni ihn unfreundlich.

»Sehen Sie, Sie müssen verstehen, Bovara, daß die Straßen hier nicht so sind wie in Reggio Emilia ... Straßen gibt es wenige, zumeist handelt es sich um Maultierpfade, fürchterliche Überlandwege ... und die Entfernungen sind ganz schön, wissen Sie? Wenn Sie sie also alle vierzehn Tage nach Montelusa einbestellen, bedeutet das, daß diese armen Menschen, ohne wirklichen Grund, Reisen ausgesetzt sind, die ich zwar keineswegs gefährlich nennen will, aber ...«

»Sie sind also, wenn ich Sie recht verstehe, nicht einverstanden.«

»Es geht nicht darum, ob ich einverstanden bin oder nicht, sondern darum, die Sache mit gesundem Menschenverstand und von der Menschlichkeit aus zu beleuchten. Wie Sie wahrscheinlich wissen, sind diese Menschen keine festen Angestellten, es handelt sich um zeitlich befristet eingestelltes Personal, das sein dürftiges Gehalt mit einem minimalen Bonus auf die Strafen aufrundet.«

»Was ich schon die ganze Zeit wissen wollte, ist: Von wem sind sie eigentlich eingestellt worden?«

»Von Bendicò. Das ist so üblich. Jeder neue Hauptinspekteur kann, wenn er will, Personen seines Vertrauens auswählen.«

»Dann könnte ich sie also entlassen?«

»Im Augenblick nicht. Da müssen Sie den Ablauf der

jährlichen Vertragszeit abwarten. Der Vertrag endet mit dem kommenden 30. Dezember. Für den Fall, daß Sie in diesem Sinne verfahren wollen, und angesichts der Tatsache, daß Sie noch nicht viele Kenntnisse und Bekannte besitzen, rate ich Ihnen, es so zu machen wie Ihre Vorgänger Tuttobene und Bendicò.«

»Und wie haben die's gemacht?«

»Sie haben sich an Advokat Fasùlo gewandt. Als frommer Mann hat er eine Liste mit bedürftigen, wiewohl anständigen Menschen aus der gesamten Provinz.«

»Signor Präsident, wenn Sie es wünschen, widerrufe ich die vierzehntägliche Einbestellung der Unterinspekteure. Aber denken Sie daran, daß, wenn ich das tue, sie alle der Überzeugung sein werden, es genüge, sich bei Ihnen zu beschweren, damit ich gezwungen werde, die Anweisungen zurückzunehmen.«

»Dieser Bovara ist ein Arschloch«, dachte der Präsident, der sich durch jede Wetterlage zu manövrieren verstand, »und noch dazu eins, das besonders schlau sein will. Aber der muß erst noch geboren werden, der mich in den Arsch fickt.«

»Hören Sie, Bovara, ich habe Ihnen lediglich das Problem dargelegt. Treffen Sie die bestmögliche Entscheidung.«

Um neun Uhr an diesem selben Montag vormittag des 3. September erschien Don Memè Moro in der Kanzlei von Advokat Fasùlo. Er brauchte eine halbe Stunde, um das zu sagen, was ihn quälte.

»Ich werde es mitteilen«, sagte am Ende der Advokat, »und Sie danach unterrichten.«

Um Viertel nach zehn an diesem selben Montag vormittag des 3. September erschien der Posthalter, Cavaliere Brucculeri. Er brauchte eine knappe Stunde, um den Advokat über die Angelegenheit in Kenntnis zu setzen, die ihm die Ehre genommen und den Schlaf geraubt hatte.

»Ich werde es weitergeben«, sagte am Ende der Advokat, »und Sie danach unterrichten.«

Kurz nach Mittag an diesem selben Montag des 3. September ließ Padre Carnazza sich sehen. Er brauchte mehr oder weniger zehn Minuten, um seine Sorge zu erläutern, die dieser Gehörnte von Brucculeri ihm machte, der seine Hörner jucken fühlte.

»Ich werde es weitergeben«, sagte am Ende der Advokat, »und Sie danach unterrichten.«

Und weil er ein frommer Mann war, stand er auf, beugte ein Knie und küßte die Hand des geistlichen Herrn.

»Wollen Sie, daß ich runtergehe und etwas zu essen hole?« fragte Caminiti.

»Nein, danke, gehen Sie nur. Wir sehen uns später.«

Er hatte zwar Appetit, aber er wollte nicht schon wieder die gleiche Geschichte wie am Samstag mit dem geheimnisvollen Don Cocò erleben, der ihm zu essen und zu trinken anbot, was er ablehnen mußte.

Als er den Eindruck hatte, daß der Amtsdiener nicht mehr in der Nähe war, verließ er das Büro und betrat die Hosteria, die nur wenige Schritte vom Finanzpräsidium entfernt lag. Ein Tisch war von vier Maurern besetzt.

»C'avemu? Was haben wir denn?« Er war überrascht, daß er den Wirt, der auch bediente, auf sizilianisch fragte, was sie zu essen hätten.

Er aß Cannelloni mit Olivenöl, schwarzem Pfeffer und Schafskäse. Danach ließ er sich einen Teller gesalzener Sardinen mit Olivenöl, Essig und Oregano bringen. Getrunken hat er einen halben Liter.

»Was macht das?«

»Nichts, Euer Ehren zahlt nichts.«

»Was soll das heißen?«

»Euer Ehren heißt Bovara und ist der neue Hauptinspekteur?«

»Ja.«

»Dann ist alles bezahlt.«

»Und wer ist es, der alles bezahlt hat?« Er kannte die Antwort bereits.

»Don Cocò Afflitto hat mir Anweisung gegeben, daß, wenn Euer Ehren Ihren Fuß hier hereinsetzt und ißt, Euer Ehren das Portemonnaie nicht zücken darf.«

»Hören Sie, das darf ich nicht annehmen, das steht ganz außer Frage. Sagen Sie mir, wieviel ich zahlen muß, und dann hat diese Verfolgung ein Ende!«

»Hören Sie, Signor Inspekteur. Ich weiß nur, daß ich Ihr Geld nicht annehmen kann. Verstanden?«

»Guten Tag«, sagte Giovanni.

Und ging hinaus. Er hatte den Eindruck, daß seine Nasenflügel rauchten wie die Nüstern eines wilden Stiers.

Immer noch Montag, 3. September 1877

Um vier Uhr nachmittags hielt Donna Trisìnas Kutsche vor dem angelehnten Gartentor. Sie schob ihren Kopf aus dem Fenster und betrachtete das Haus. Türen und Fenster waren verschlossen, aber sie traute der Sache nicht. Sie wollte sich auf keinen Fall blamieren.

»Geh und klopf an die Tür«, sagte sie zu Michilinu.

Der Junge legte die Zügel aus der Hand und lief zum Haus. Donna Trisìna sah, daß er mehrere Male klopfte, doch niemand öffnete. Couragiert stieg sie aus und ging zur Türe. Aus einer Tasche ihres Unterrocks zog sie einen kleinen Schlüssel – zwei hatte sie ihrem Mieter ausgehändigt, einen dagegen hatte sie behalten, man konnte ja nie wissen –, öffnete und trat ein. Der Fremde hatte noch nicht eineinhalb Tage in dem Haus gewohnt, und schon sah man das Durcheinander, das Männer gewöhnlich anrichten. Sie stieg ins Schlafzimmer hinauf, das Bett war noch nicht gemacht. So machte sie es für ihren Mieter, liebevoll, mit glattgestrichenen Betttüchern, daß sie aussahen, als wären sie mit Leim angeklebt. Sie öffnete die Türe zum stillen Örtchen, verzog den Mund wegen des Gestanks, der Nachttopf war voll. »Michilinu!«

»Cumanni«, rief der Junge aus dem unteren Zimmer, »zu Diensten!«

»Komm herauf, nimm den Nachttopf und schütte ihn hinterm Haus aus, in die Grube, und danach wäschst du ihn aus, mit Wasser aus dem Brunnen.«

Während Michilinu tat, was seine Herrin ihm aufgetragen hatte, brachte Donna Trisìna das Eßzimmer in Ordnung.

»Michilinu!«

»Cumanni.«

»Nimm die Pakete aus der Kutsche und bring sie her.«

Zehn Minuten später lagen auf dem Tisch ein Säckchen hundert Gramm feinen Kaffees, ein weiteres mit dreihundert Gramm Zucker, ein Pfund Mehl, ein Kilo feiner neapolitanischer Pasta, drei Mokkatassen aus Porzellan mit dazugehörigen Untertassen, ein echtes Silberlöffelchen, eine Rolle feinsten Mousselinestoffs für Blusen und Hemden, eine Bronzelampe.

Zufrieden blickte Donna Trisìna auf all diese Sachen. Am nächsten Tag würde sie auch noch zwei Leuchter bringen, schwere Kandelaber aus reinem Silber, mit sechs Armen. Was widerfuhr ihr nur? Das, was sie für diesen Mann empfand, halb ein Fremder und halb ein Einheimischer, hatte sie noch nie vorher empfunden.

Um fünf Uhr nachmittags, als sein Kopf vor Müdigkeit schon schmerzlich glühte und seine Augen fast schon schielten, weil er ständig die Berichte der Unterinspekteure mit der Landkarte verglich, die er unter dem Schreibtisch gefunden hatte, als sein Daumen und Zeigefinger vom Drücken des Metallstäbchens der Rechenmaschine »Super velox«, die er immer in der Tasche bei sich trug, krumm geworden waren, entdeckte er endlich die Bedeutung der kleinen roten und blauen Kreise. Die roten Kreise zeigten an, wie oft eine Mühle wegen geringfügiger Vergehen mit einer Strafe belegt worden war, die blauen zeigten gröbere strafbare Handlungen an, wie die Änderung des Buchhaltungsjournals oder die nicht erfolgte Angabe von Mahlungen. Allesamt Vergehen, die gepfefferte Strafen zur Folge hatten oder die Schließung der Mühle für einen Zeitraum von einem Monat und länger, bis hin zur Verhaftung des Mühlenbesitzers. Nur daß zu den Fälligkeiten der Inspektion die roten und blauen Kreise eingezeichnet wurden und man dabei einem offensichtlich im voraus festgelegten Turnus folgte.

Das alles bedeutete, einfach ausgedrückt: die Mühlenbesitzer zahlten aufgrund einer Absprache einen vereinbarten Festbetrag an die Unterinspekteure. Diese wiederum hüteten sich, wirkliche Inspektionen durchzuführen; vielleicht kannten sie nicht einmal die Anschrift der Mühle und ließen so den Müllern völlig freie Hand, die Dinge nach ihren Interessen zu regeln. Das, was Bendicò unter dem Tischbein versteckt hatte, war eine richtiggehende Bestechungsgelder-Landkarte. Und sie war es, die der gottesfürchtige Advokat Fasùlo und der stellvertretende Polizeiamtsleiter La Mantìa nicht finden konnten, denn es stand außer Zweifel, daß sie dieses Papier gesucht haben – keineswegs Liebesbriefe, wie der Präsident behauptet hatte.

Und jetzt? Was tun?

Eine Weile zermarterte er sich das Gehirn, dann fand er auch hierfür eine Lösung. Er mußte einen unumstößlichen Beweis in Händen halten, den er seinem Vorgesetzten zeigen konnte. Er stellte noch ein paar Rechnungen an, dann nahm er ein Blatt Papier mit dem Briefkopf des Finanzpräsidiums und schrieb:

»Montelusa, am 3. September 1877. Ich, der Unterzeichnende Bovara Giovanni, Hauptinspekteur der Mühlen im Dienste des Finanzpräsidiums von Montelusa, behaupte, daß bei der Besprechung mit den Unterinspekteuren, die von mir für den 18. September d. J. einbestellt sind, nachfolgendes sich ereignen wird:

Unterinspekteur Abbate Nicola wird in seinem Bericht erklären, ein schwerwiegendes Vergehen in der Mühle ›San Giuseppe‹ festgestellt zu haben;

Unterinspekteur Brancato Ettore wird in seinem Bericht zwei kleinere Vergehen in den Mühlen ›Santa Lucia‹ und ›Christo Re‹ festgestellt haben;

Unterinspekteur Cumella Antonio ein kleineres und ein

schwerwiegenderes, und zwar jeweils in den Mühlen ›San Gerlando‹ und ›San Calogero‹;
Unterinspekteur Fragapane Filippo (hier ist anzumerken, daß ich nicht die Möglichkeit hatte, ihn kennenzulernen, da er sich wegen Krankheit nicht eingefunden hatte) zwei schwerwiegende Vergehen in den Mühlen ›Santa Rosalia‹ und ›Sant' Agata‹ sowie ein kleineres in der Mühle ›Santissimi Cosma e Damiano‹.
Die übrigen Unterinspekteure werden in ihren Berichten keinerlei Vergehen feststellen.
Für diesen Brief, den ich an mich selbst adressiere, gilt das Datum des Poststempels.«

Er unterzeichnete den Brief, nahm ein Couvert ohne Aufdruck, schrieb seine Adresse beim Finanzpräsidium darauf und verschloß es. Er sah auf die Uhr, inzwischen war es sechs geworden.

»Caminiti!«

»Cumanni! Zu Diensten!«

»Ich gehe jetzt, zu Hause muß ich noch vieles in Ordnung bringen.«

»In den Büros ist sowieso keiner mehr.«

»Aber geht die Arbeitszeit denn nicht bis acht?«

»Sicher. Wem sagen Sie das? Um sechs ist hier drinnen aber niemand mehr.«

»Hört, ich muß zuerst noch zur Post und danach mir die Haare schneiden lassen. Was mach' ich mit dem Pferd?«

»Das Pferd können Sie in der Skuderie lassen. Der Signor Finanzpräsident hat Anweisung gegeben, daß sie bis Mitternacht geöffnet sein soll, weil er gelegentlich die Kutsche braucht. Daher ist immer ein Pferdeknecht da.«

»Könntet Ihr mir wohl sagen, wo die Post ist?«

»Geben Sie mir doch den Brief, ich schicke ihn mit der anderen Amtspost weg.«

»Nein, das ist Privatkorrespondenz.«

»Na und? Der Signor Finanzbuchhalter Bartolino schreibt hier an seine Verlobte, der Beauftragte Crisafulli an seine Brüder, der …«

»Hört zu, mich interessiert nicht, was die anderen machen. Sagt mir nur, wo das Postamt ist.«

»Wie Euer Ehren wollen. Sobald Sie das Präsidium verlassen, gehen Sie nach links, die Straße hinunter, nochmal nach links und da ist die Post.«

»Danke. Und der Friseur?«

»Der beste im Ort. Sie wissen, wo das Hotel Gellia ist? Zwei Türen daneben, ›Salon Ingrassia‹ steht darüber.«

Der Sakristan läutete die Glocke, und Padre Carnazza trat aus der Sakristei für die Vesperandacht. Er machte drei Schritte zum Hochaltar, blieb stehen, führte eine Hand ans Herz, taumelte nach rechts und nach links und sank in die Knie.

»Allerheiligste Gottesmutter! Unwohl fühlt sich unser Padre Carnazza!« rief sogleich eine Gemeindegläubige hysterisch. Zu viert oder fünft, Männer wie Frauen, stürzten sie auf die andere Seite der Balustrade und fingen Padre Carnazza auf, der auf den Boden zu fallen drohte.

»Was ist denn, Padre?«

»Wie fühlen Sie sich, Padre?«

»Jagen Sie uns bloß keinen Schrecken ein, Padre!«

Padre Carnazza machte den Eindruck, als würde er ersticken, er brachte kein Wort hervor.

»Luft! Luft!« sagte einer.

»Ruft den Doktor!« ein anderer.

Die beiden Stimmen wurden von Signora Cuccurullo Ersilia, verheiratete Imbrò, noch übertönt, einer Frau, die zur Tragödie neigte und einmal gar glaubte, ein Erdbeben habe sich ereignet, während ihr Gatte lediglich einen majestätischen Furz losgelassen hatte.

»Nichts mehr! Aus! Nichts mehr! Er ist tot.«

Und sie stimmte mit äußerst schriller Stimme einen *Hymnus auf eine aus der Welt scheidende Seele* an, geschrieben und in Musik gesetzt von Padre Carnazza höchstselbst, der sich hin und wieder an spirituellen Dingen delektierte:

»Welt, du hast mir nicht gefallen,
Jetzt bin ich schon nicht mehr dein!
All mein Lieb, mein Herzenswallen
Gilt dem Jesusherren mein.«

»Das reicht! Mir geht's wieder besser!« rief der Diener Gottes, der an Aberglauben litt und sich deshalb über die Initiative von Signora Cuccurullo entsetzt hatte.

Er trank das Glas Wasser, das ihm jemand reichte, und redete, mit zittrigem Zeigefinger auf den Hochaltar weisend, dermaßen leise, das viele ihn überhaupt nicht verstehen konnten:

»Die Kandelaber!«

Erst in diesem Augenblick merkten die versammelten Gläubigen, daß die Silberkandelaber nicht mehr an ihrem Platz standen.

»Sie sind gestohlen worden!« sagte Padre Carnazza.

»Sie sind gestohlen worden!« wiederholte der Chor der Gläubigen und bekreuzigte sich.

»Sakrileg!« schrie Padre Carnazza.

»Sakrileg!« wiederholte der Chor.

Auf der Stelle intonierte Signora Cuccurullo Ersilia, verheiratete Imbrò, einen Hymnus, *Welches ist die Frucht der Sünde?*, der, ursprünglich auf lateinisch geschrieben, sich in ihrer Version ungefähr so anhörte:

»*Quali fructum habuisti*
von der Sünd', die du verbrochen?
In der lodernd' Hölle Flammen
wirst in Ewigkeiten kochen.«

»Gehen wir und zeigen diesen sakrilegalen Diebstahl an!« befahl Padre Carnazza, der sich von seinem kleinen Schwächeanfall ein wenig erholt zu haben schien.

»Anzeigen! Anzeigen!« wiederholte der Chor.

Sie verließen die Kirche. Einige Menschen draußen dachten, hier fände eine Prozession statt, und knieten nieder.

Der Brief war aufgegeben, Giovanni ging die nun menschenverlassene Via Atenea wieder hinauf, vorbei an den drei jungen Burschen, die traurig herumlungerten, weil niemand da war, den sie grüßen konnten. Er fand den Babiersalon und ging hinein. Kunden waren keine da, der große Andrang von Bärten und Haaren fällt nämlich auf Samstag. Ein Mann im weißen Kittel stand da, der fast gleich alt war wie er, und ein kleiner Junge mit einer Bürste in der Hand, der sich im Spiegel betrachtete.

»Bitte, nehmen Sie Platz«, sagte der Mann und zeigte auf einen der drei Sessel.

»Haare kürzen und den Lippenbart ein bißchen nachschneiden«, sagte Giovanni, als er sich setzte.

»Und den Bart, den wollen wir nicht machen?«

»Machen wir auch den«, stimmte Giovanni zu.

Der Barbier knotete ihm ein bettuchgroßes Handtuch um den Hals und fing mit seiner Arbeit an. Und natürlich auch mit dem Reden.

»Euer Ehren ist fremd hier?«

Wer weiß warum, Giovanni konnte ihm nichts vormachen.

»Eigentlich bin ich in Vigàta geboren, aber dann ...«

»Warten Sie einen Augenblick!« unterbrach ihn der Barbier und blieb mit der Schere in der Luft regungslos stehen. »Euer Ehren ist nicht zufällig der neue Hauptinspekteur aus Reggio Emilia?«

»Doch«, antwortete Giovanni irritiert.

Wie sollte auch in einem Ort wie dem hier nicht jeder alles über alle wissen. Und erst die Neugier, die jeder Fremde hervorruft.

»Heute morgen erst ist hier im Salon darüber geredet worden. Aber ich hatte den Nachnamen nicht richtig verstanden.«

»Bovara«, sagte Giovanni mit zusammengebissenen Zähnen.

Jetzt ging es nicht mehr um das übliche Geschwätz in einem Barbiersalon, sondern um ein Polizeiverhör.

»Ah«, kommentierte der Barbier und setzte seine Arbeit fort, und zwar in einer Stille, von der Giovanni wußte, daß sie nicht von langer Dauer war.

»Sie wollen mir verzeihen, Signor Inspekteur. Aber Ihr Vater, hieß der Pietro? Und Ihre Mutter Di Stefano Carmela?« Jetzt kannten sie gar schon seine persönlichen Daten! Wie zum Teufel haben sie das nur geschafft?

»Schon, aber wie haben Sie erfahren ...«

»Meine Mutter hieß Di Stefano Giuseppa und war die ältere Schwester Ihrer Mutter Carmela. Dann heiratete sie Ingrassia Filippo, der mein Vater war. Damit sind wir Cousins ersten Grades.«

Ein Cousin! Und schon wurde er von Fefè Ingrassia gleich einem Wirbelsturm erfaßt: aus dem Sessel gehoben, mit dem Bettuch um den Hals, umarmt, geküßt, zermalmt, wieder in den Sessel geschmettert.

»Jetzt schließ ich den Salon, und du kommst mit mir nach Hause zum Essen und lernst meine Frau und meine Kinder kennen!«

»Der hier ist deiner?« fragte Giovanni und deutete auf den versteinerten kleinen Jungen mit der Bürste in der Hand.

»Nein, ein Neffe. Heilige Maria! Gleich muß ich weinen vor lauter Rührung! Basta, wir machen zu!«

»Schneidest du mir denn nicht erst die Haare zu Ende?« fragte Giovanni scheu.

»Ich kann's nicht, lieber Cousin, ich kann's wirklich nicht. Siehst du, wie meine Hand zittert? Ich würde dir eine Treppe reinschneiden.«

Der Leiter der Polizeidienststelle ließ Padre Carnazza die Diebstahlanzeige für die beiden Kandelaber unterschreiben und fragte den Sakristan nachher:

»Um wieviel Uhr hast du die Kirchentüre abgeschlossen?«

»Um zwei Uhr nach dem Mittagessen, und ich hab' sie um vier Uhr wieder aufgeschlossen, da stand Signora Ersilia schon da und wollte hinein.«

»Und dann hast du die Kandelaber angezündet.«

»Nicht doch.«

»Und wieso? Vielleicht, weil die Kandelaber nicht mehr da waren?«

»Nicht doch, ich hab' gar nicht gesehen, ob die da waren oder nicht. Die Kandelaber werden nur sonntags für die heilige Messe angezündet.«

»Wir müssen eine Ortsbesichtigung vornehmen«, sagte La Mantìa, der Stellvertreter des Polizeiamtsleiters.

»Ja, wo denn?« fragte Padre Carnazza alarmiert.

Die Kandelaber standen nämlich auf seinem Eßzimmertisch, schon fertig für das Erscheinen Trisìnas am nächsten Morgen.

»Na, wo schon? In der Kirche natürlich, und wenn nötig, auch in der Sakristei und in der Wohnung von Euer Ehren.«

»Bei Gott, dem Allmächtigen!« rief Padre Carnazza aus. »Eine Hausdurchsuchung in meiner Wohnung, das wäre ein Sakrileg!«

»Wieso nun das?« erhitzte sich La Mantìa. »In der Kirche wohl, aber in Eurer Wohnung nicht?«

»Die Kirche gehört allen, aber meine Wohnung ist meine Wohnung. Ich mache Euch darauf aufmerksam: wenn Ihr meine Wohnung durchsucht, werden die Flammen der Hölle Euch in Ewigkeit verbrennen! Dann kommt der Fluch über Euch, über Eure Kinder und Kindeskinder!«

»Über Eure Kindeskinder!« wiederholte der Chor leise und bedrohlich.

»Schon in Ordnung«, brach Spampinato die Sache ab. Er glaubte zwar nicht an Gott, war aber der Ansicht, daß man, wenn es hart auf hart käme, sich besser in acht nehmen sollte. »Werfen wir nur einen Blick in die Kirche.«

In einer Prozession zogen sie aus der Polizeidienststelle aus. Und sofort verbreiteten sich im Ort zwei gegensätzliche Gerüchte. Das eine war, daß der Polizeiamtsleiter endlich zu der Überzeugung gelangt sei, Padre

Carnazza, diese verdammte Seele, gehöre verhaftet. Das zweite war, daß sich der Polizeiamtsleiter Spampinato, dieser Ungläubige, dieser Flücheschreier, nach einer nächtlichen Erscheinung der Mutter Gottes jäh bekehrt habe und nun in die Kirche gehe, um Vergebung für seine Sünden zu erflehen.

Im Haus von Fefè Ingrassia wurde Giovanni dessen Gattin Sarafina vorgestellt, Schmerzensmutter zweier kleiner Delinquenten, Michele, zehn Jahre alt, und Saverio, acht, die nichts anderes taten, als sich zu prügeln, zu heulen und sich von einem Zimmer ins andere nachzulaufen, wobei sie mit den Türen knallten. Sie aßen Pasta asciutta, Kaninchen auf Jägerart und Käse mit Gewürzen. Im Hinblick auf das unvermeidliche nächtliche Albdrücken aus Verdauungsgründen versuchte Giovanni, eine Riesenportion Cassata siciliana auszuschlagen, aber davon konnte gar keine Rede sein. Seinem Cousin Fefè ging es in seinem Beruf als Barbier offensichtlich nicht so schlecht. Während des Abendessens sprachen sie über ihre Verwandtschaft, aber gemeinsame Erinnerungen wollten sich nicht einstellen. Dann zwang Signora Sarafina die beiden Delinquenten mit Ohrfeigen und Fußtritten zu Bett, danach ging auch sie schlafen, mit den Nerven völlig am Ende. Die beiden Männer blieben alleine. Das Gespräch, um halb neun begonnen, endete drei Stunden später. Gespräch ist nicht ganz richtig, denn eigentlich redete fast nur Fefè Ingrassia. Und so erfuhr Giovanni:

– daß sein Vorgesetzter in Montelusa und Umgebung unter dem Spitznamen »Mistkäfer« bekannt war. Die Gründe dafür bekam er mit zahlreichen Beispielen erklärt;

– daß seine Hausvermieterin, Donna Trisìna Cìcero, zweifellos eine ganz große Hure war. Schön zwar, das stand außer Frage, aber eine Schlampe. Als nämlich ihr armer Mann noch lebte, hatte sie ihm mit Arazio Stancampiano, dem Obst- und Gemüsehändler, Hörner aufgesetzt, dann mit Totò Lopresti, dem Landbesitzer, und danach mit Trimarchi, dem Landvermesser. Nach dem Tod ihres Mannes hatte sie sich zuerst mit Gnazio Spampinato, dem Bruder des Polizeiamtsleiters, dann mit Advokat Fasùlo und danach mit Padre Carnazza, Pfarrer der Kirche Unserer Lieben Frau, eingelassen;
– daß dieser Padre Carnazza nicht nur als Frauenheld bekannt war, sondern auch als Geldverleiher. Von den Frauen der Gemeinde ließ er sich in Naturalien bezahlen. Den Männern dagegen zog er die Haut bei lebendigem Leibe ab. Der arme Tinino Fiannàca hatte sich einen Haufen Steine um den Hals gebunden und ins Meer von Vigàta gestürzt, eben weil der Gottesmann ihn wegen eines Darlehens von fünftausend Liren in Not und Elend getrieben hatte;
– daß derselbe Padre Carnazza alle Frauen mit einer Handbreite plus Gnutticatùra bezahlen würde. (»Womit?« fragte Giovanni. »Hast du vergessen, wie man dazu sagt? Das ist das Maß für Woll- und Leinenstoffe: eine Handbreite und ein auswärts gebogener Daumen, der Großzügigkeit wegen.«) Daß dieser und jener, der ein Darlehen von zehn Liren bekommen hatte, es mit tausend zurückerstatten mußte. Ah, noch eine ganz frische Mitteilung: vor Donna Trisìna hatte es der geistliche Diener des Herrn mit Signoradonna Romilda Brucculeri getrieben, der Gattin des Posthalters. Also, gestern wurde der Signor Posthalter von allen gesehen, wie er vor der Kirche

nervös auf und ab ging und anschließend die Kirche betrat, als die Andacht schon vorbei war! Aber der ging doch sonst nie in die Kirche! Die Leute im Ort hatten die Vermutung geäußert, daß der Posthalter verspätet Kenntnis von dem Techtelmechtel erhalten habe und jetzt Klarheit von dem geistlichen Herrn fordern wolle. Wenn aber der gehörnte Geduldsengel seine Geduld verliert, dann ist er wirklich gefährlich;

– daß noch einmal derselbe Padre Carnazza seinen Cousin Don Memè Moro fast in den Wahnsinn getrieben hat, denn dieser hat erleben müssen, wie ihm aufgrund der Mauscheleien des Dieners Gottes eine große Erbschaft aberkannt wurde. Don Memè Moro war nur noch das Landstück Pircoco verblieben, aber nach allgemeiner Überzeugung würde auch dies bald in den Taschen von Padre Carnazza verschwinden. Wer sollte dann Don Memè Moro noch zurückhalten können? Todsicher würde Memè seinen Cousin, den geistlichen Herrn, erschießen;

– apropos erschießen: es scheint, daß Bendicò, der Vorgänger Giovannis, umgebracht wurde, weil sein Hunger zu groß geworden war, genauer gesagt, weil er sich nicht mehr mit dem Anteil zufriedengeben wollte, der ihm zugedacht war, damit er die Mühlen nicht inspizierte (»Dann hätten ihn deiner Meinung nach die Müller umgebracht?« hatte Giovanni gefragt. Fefè zuckte zusammen: »Die Müller?! Was kommt dir in den Sinn? Bendicò wollte doch nicht von denen mehr Geld! Bei denen von den Mühlen ist das so: wenn einer ihnen befiehlt zu sagen, daß der Wein Wasser ist, dann sagen sie das.«);

– apropos Wasser: der Vorgänger des Vorgängers, Tuttobene, war nicht ins Meer gefallen, sondern hineingeworfen worden, und zwar aus den gleichen Gründen, deretwegen Bendicò in einer Schlucht, von Hunden aufgefressen, gefunden worden war;

– daß einer, der in Ruhe und Frieden in Montelusa leben wollte, ganz einfach nur aufpassen mußte, Advokat Fasùlo nicht in die Quere zu kommen, der ...

»Wer ist Don Cocò Afflitto?« unterbrach ihn Giovanni.

Er hatte die Reaktion, die folgte, nicht erwartet. Fefè Ingrassia sprang im wahrsten Sinne des Wortes vom Stuhl auf und stürzte ans Fenster, um es zu schließen.

»Warum hast du mir diese Frage gestellt, eh?«

»Aber ich wollte ...«

»Diese Frage hättest du mir nicht stellen dürfen! Es ist besser, wenn wir jetzt schlafen gehen. Es ist spät geworden.«

An der Türe, ganz unversehens, umarmte Fefè seinen Cousin fest.

»Nimm dich in acht!« flüsterte er ihm ins Ohr.

Giovanni lächelte.

»Denken die, daß ich dazu ausersehen bin, das gleiche Ende zu nehmen wie Tuttobene und Bendicò? Denkst du das auch?«

Fefè Ingrassia tat verwundert.

»Was kommt dir denn in den Sinn? Ich habe gesagt, nimm dich in acht, weil es heute nacht ein wenig feucht ist.«

Wie schön diese Nacht war! *O ciæo da lunn-a o s'allargava in sciâ campagna*, der Mondschein breitete sich über das Land, *paiva de giorno*, es war wie Tag, *no passava unna fia de vento*, kein Lüftchen regte sich, *giusto quarche baietto de can*, nur Hundegebell irgendwo, *quarche grillo cantadô*, das Zirpen von Grillen ...

Giovanni ritt nach Vigàta hinunter. Er klammerte sich wie ein Ertrinkender an sein Genuesisch, seine *lengua zeneise,* in der er zu leben und zu reden gelernt hatte, um sich vor den stichelnden Bemerkungen, vor dem Tratsch, den Verdächtigungen und Verstellungen zu schützen, in denen er fast untergegangen wäre, bei dem Theater, das sein Cousin Fefè auf sizilianisch aufgeführt hatte.

Faltordner A

(persönlich überbracht)

An den Höchstwerthen
Signor Finanzpräsidenten
Montelusa

Montelusa, am 10. September 1877

BETREFF: Bericht des Hauptinspekteurs der Mühlen, Giovanni Bovara

Nach gewissenhafter, aufmerksamer und mehrmaliger Überprüfung der örtlichen Lage der in der Provinz von Montelusa sich in Betrieb befindlichen Mühlen – mit Hilfe der offiziellen topographischen Karten, die meinem Bureau nach meiner formalen Bitte durch Euer Hochwohlgeboren freundlicherweise zur Verfügung gestellt wurden – habe ich mir ziemlich bald Aufschluß über eine sich in der Vogelperspektive zeigende Leerstelle verschaffen können, welche man sowohl dem Zufalle als auch einem menschlichen, um nicht zu sagen verbrecherischen Plane zuschreiben kann.

Gewiß hat Euer Hochwohlgeboren Kenntnis darüber, daß der Finanzjurisdiktion dieses Finanzpräsidiums die Latifundie mit dem Namen »Terrarossa« zwischen den Ortschaften Zammùt und Caltabellotta unterstehen, ein Landguth, das wegen seiner Getreide- und Weizenproduktion zu den fruchtbarsten auf der gesamten Insel zählt. Längs der südlichen Grundstückslinie grenzt dieses an eine nicht minder fruchtbare Latifundie, welche allgemein unter dem Namen »Funnacazzo« bekannt ist, einer volksthümlichen Verballhornung des abschätzigen Wortes *fondacaccio,* was soviel wie Warenlagerschuppen bedeutet.

Nun befindet sich aber nach offiziellen Angaben weder innerhalb der genannten Latifundien noch auf den angrenzenden Gebieten irgendeine Mühle! Sämmtliche Arbeiter der Latifundie, die mahlen lassen, müßten etwa einen ganzen Tag lang unwegsame Pfade zu Fuß zurücklegen, um die nahegelegensten Mühlen zu erreichen, von denen sich eine in Zammùt, die andere in Caltabellotta befindet. Eine von mir persönlich durchgeführte Kontrolle hat ergeben, daß nur ein verschwindend geringer Theil des Getreides und des Weizens in die Mühlen von Zammùt und Caltabellotta gelangt.

Weniger von einem Verdachte getrieben, als vielmehr von dem Willen, in dieser Frage Klarheit zu erlangen, hatte ich mich daher entschlossen, persönlich eine Ortsbesichtigung vorzunehmen, worüber ich zu niemandem ein Wort sagte, um keine Verwirrung auszulösen und mir dadurch, im Gegenzuge, ein Hindernis für mein Vorhaben in den Weg zu legen. Allein meiner Auffassung von Ehrlichkeit und Aufrichtigkeit wegen setze ich Sie davon in Kenntnis.

Vorgestern, als der Morgen noch nicht aufgezogen war, ritt ich in Richtung Zammùt. Auf Grund eines unglücklichen und zeitraubenden Zwischenfalles (mein Reitpferd hatte ein Hufeisen verloren) gelangte ich erst spät in die Sichtweite des Ortes und entschloß mich an der Abzweigung Rocella, auf abschüssigen Wegen in die Latifundie »Funnacazzo« hineinzureiten. Just auf der Grenzlinie zur Latifundie »Terrarossa« begegnete ich einem nächtlichen Vogelfänger, welcher, in meiner Muttersprache befragt, mir antwortete, daß weiter im Inneren ein sich in schlechtem Zustand befindlicher Weg für Karren und Leiterwagen verlaufe. Unterstützt vom Lichte des Vollmonds ritt ich noch ungefähr eine Stunde weiter, doch danach weigerte sich mein Pferd, am Ende seiner Kräfte angelangt, weiterzugehen. Ich war gezwungen zu biwakieren. Nachdem ich das Pferd versorgt und mich unter einen dichtbelaubten Johannisbrotbaum gelegt hatte, fiel ich bald in Schlaf. Aufgeweckt wurde ich, nach noch nicht einmal einer Stunde, von einem fortdauernden Quietschen von Wagenrädern und dem Schnauben von Pferden. Vorsichtig stand ich auf und mußte nach ein paar Schritten feststellen, daß ich wenige Meter von dem Wege biwakierte, auf welchen mich der Vogelfänger aufmerksam gemacht hatte.

Auf diesem Weg bewegte sich ein unendlicher Zug von Leiterwagen, neben diesen gingen reihenweise schweigsame Menschen einher. Ich zog mein Taschenfernrohr heraus, welches ich immer bei mir trage, und stellte fest, daß die Hufe der Vierbeiner mit Lappen umwickelt waren, um größeren Lärm zu vermeiden, und daß jeder Wagen mit Säcken überfrachtet war, welche gewöhnlich zum Transport von Weizen und Getreide dienen.

Der Zug der Leiterwagen dauerte gut eine halbe Stunde, ich zählte alles in allem über hundert Wagen.

Als der letzte vorübergezogen war, ließ ich mein Pferd am Johannisbrotbaum festgebunden zurück und folgte in einiger Entfernung der Karawane. Ich achtete darauf, daß ich niemals die schwach leuchtende Lampe aus den Augen verlor, die an der Achse des letzten Wagens hing. Der Weg dauerte in etwa eine Stunde, dann hielt die Wagenprozession an. Geistesgegenwärtig sprang ich an den Wegrand, schlich unhörbar weiter, versteckte mich bald hinter einem Baume, bald warf ich mich im Schutze eines dichten Strauches auf die Erde nieder. Auf diese Weise gelangte ich fast bis zur Spitze der Kolonne. Der erste Wagen hatte angehalten, weil er von einer kleinen Schar Männer abgeladen wurde, welche für diese Nothwendigkeit zur Verfügung standen: die Säcke wurden in eine Art Lager geschafft, das ganz aus Holz bestand. Kurze Zeit später drang das charakteristische Geräusch mahlender Mühlsteine daraus hervor.

Meinem vor Schreck erstarrten, ungläubigen Blicke zeigte sich da eine verborgene Mühle!

Der von mir auf der topographischen Karte festgestellte leere Fleck fand seine rationale Erklärung und bestätigte meinen Verdacht!

Sogleich drängte mich mein Inneres aufzuspringen und, mit der Waffe in der Hand, die Übelthäter zum Einhalt aufzufordern; denn Übelthäter waren sie, diese Steuerhinterzieher. Doch die Vernunft, die sich unverzüglich von dem Schrecken dieses Anblickes erholt hatte, suggerierte mir etwas gänzlich anderes und flehte mich an, mich nur ja nicht weiter zu exponieren, nur ja nicht weiter einzugreifen.

Allzu leicht wäre es für diese Übelgesinnten gewesen, mich zu überwältigen und mich zum ewigen Schweigen zu bringen!

Umsichtig zog ich mich zurück, nahm, wieder zum Johannisbrotbaum gelangt, das Pferd und galoppierte ohne weiteren Verzug nach Montelusa. Dort am späten Vormittage angekommen, bat ich, von Seiner Exzellenz, dem Präfekten, Großofficier Cesare Giulio Palasotto, empfangen zu werden, der mir dies auch großzügig gewährte. Nachdem ich ihm das Faktum ausführlich dargestellt hatte, versah er mich, sich gänzlich verwundernd und die Gesetzesübertreter scharf verurtheilend, mit einem Billett von seiner Hand, welches ich dem Kommandanten des örtlichen Kommandos der Königlichen Carabinieri, Capitano Alfanio Lostracco, persönlich aushändigen sollte.

Der erwähnte Signor Capitano, welcher mich unverzüglich empfing, erklärte mir, wiewohl von ganzem Herzen den Befehlen Seiner Exzellenz, des Präfekten, Folge leisten wollend, die absolute Unmöglichkeit, eine Abtheilung Carabinieri an den bezeichneten Ort zu schicken, weil diese anderswo eingesetzt waren. Daher empfahl er mir, mich an den Signor Polizeipräsidenten, Commendatore Silvano Marcuccio, zu wenden.

So begab ich mich in das Königliche Polizeipräsidium, wo mir von einer Ordonnanz mitgetheilt wurde, daß der Signor Polizeipräsident sich seit einigen Tagen mit Grippe im Bett befinde. Es gelang mir daraufhin, vom Vizepräsidenten der Polizei, Cavaliere Arnaldo Zichichì, empfangen zu werden, welcher, nachdem er das Billett Seiner Exzellenz, des Präfekten, gelesen hatte, jedes und jegliches Eingreifen für unangebracht hielt: dies könne als unrechtmäßige Einmischung des Königlichen Polizeipräsidiums in die Belange der Königlichen Carabinieri mißdeutet werden. Nichts haben meine drängenden Bitten erreicht!

Es blieb mir nichts Besseres zu thun, als zum Kommando der Königlichen Carabinieri zurückzugehen und neuerlich zu bitten, von Capitano Lostracco empfangen zu werden.

Er verpflichtete mich zu äußerster Verschwiegenheit und theilte mir dann mit, daß er der Angelegenheit innerhalb von spätestens drei Tagen nachkommen könne und wollte, daß ich ihm auf der topographischen Karte die genaue Stelle bezeichne, an welcher sich die geheime Mühle befand.

Ich hoffe daher, Höchstwerther Signor Finanzpräsident, Ihnen in Bälde einen neuen Bericht mit den mir von den Königlichen Carabinieri gelieferten Ergebnissen zukommen lassen zu können.

Mit vorzüglicher Hochachtung

Dipl. Buchhalter Giovanni Bovara

An den
Dipl. Buchhalter
Signor Giovanni Bovara
Hauptinspekteur der Mühlen
im Hause

Montelusa, am 10. September 1877

Ihren nicht angeforderten Bericht habe ich soeben erhalten.

Von jetzt an werden Sie mir die Freundlichkeit erweisen, mich vorab über jeden Schritt zu informieren, den Sie in Ausübung Ihres Amtes zu thun beabsichtigen, insbesondere dann, wenn Sie sich bemüßigt fühlen, andere Autoritäten in Kenntnis über Vorgänge zu setzen, die ausschließlich in die Kompetenz Ihres unmittelbaren Vorgesetzten fallen, welcher, bis zum Erweis des Gegentheiles, immer noch der unterzeichnende Finanzpräsident ist.

Commendatore Felice La Pergola

An den
Dipl. Buchhalter
Signor Giovanni Bovara
Hauptinspekteur der Mühlen
im Hause

Montelusa, am 15. September 1877

Zu Ihrer Kenntnisnahme füge ich den soeben vom Hauptmann der Königlichen Carabinieri, Signor Capitano Alfanio Lostracco, erhaltenen Brief und den vom Feldwebel der Königlichen Carabinieri, Maresciallo Giacomo Purpura, an Capitano Lostracco weitergeleiteten Bericht bei.

Für den Augenblick halte ich jede Art eines weiteren Kommentares für überflüssig.

DER FINANZPRÄSIDENT
Commendatore Felice La Pergola

Anlagen 2

Anlage 1

KOMMANDO DER KÖNIGLICHEN CARABINIERI
VON MONTELUSA
DER KOMMANDANT

An den Höchstwerthen
Commendatore Felice La Pergola
Finanzpräsident
Montelusa

Montelusa, am 15. September 1877

Hochzuverehrender Commendatore,
anbei füge ich Ihnen die Abschrift des mir soeben von meinem Untergebenen zugeleiteten Berichtes bei, und dies, ich gestehe es, nicht ohne einiges Zögern.

Am 10. d. M. ist, am späten Vormittage, Ihr Untergebener, Dipl. Buchhalter Giovanni Bovara, welcher den Thätigkeitsbereich eines Hauptinspekteurs wahrnimmt, vor mir erschienen.

Ausgestattet mit eindeutigen Empfehlungen S. E., des Präfekten, hat er mir in überaus aufgeregter Weise, die ich in jenem Augenblicke seiner Müdigkeit und einem Zustand von Nervosität zugeschrieben habe, zu verstehen gegeben, daß er eine geheimgehaltene Großmühle auf der Latifundie »Terrarossa« entdeckt habe und eine sofortige Intervention dieser Heereseinheit fordere. Daraufhin habe ich ihm die Unmöglichkeit erklärt, seiner dringlichen Forderung zu entsprechen, da meine Carabinieri anderswo thätig waren, und forderte ihn auf, einstweilen seine Anzeige im Königlichen Polizeipräsidium niederzulegen. Kurze Zeit darauf stellte er sich wieder bei mir ein und berichtete, daß er eine offizielle Ablehnung seitens des Signor Stellvertreters des Polizeipräsidenten erhalten habe, und zwar mit Erklärungen, die ich für ebenso allgemein wie unbegründet halte.

Durch Bovaras Beharrlichkeit unter Druck gesetzt und vom lebhaften Wunsche bewegt, die Anweisungen S. E., des Präfekten, auszuführen, habe ich mir auf der topographischen Karte die genaue Lage der vermeintlichen Mühle einzeichnen lassen und ihm versichert, daß ich mich, so bald wie irgend möglich, darum kümmern würde.

Unter anderem auf Grund der gewaltigen Wolkenbrüche, die seit einigen Tagen über unserer Provinz niedergehen und ein Fortbewegen im Freien unmöglich machen, habe ich erst vorgestern die Operation, um die ich gebeten worden bin, einleiten können.

Der Bericht meines Untergebenen, den ich Sie aufmerksam zu lesen bitte, wirft die beunruhigende Frage nach der geistigen Ausgeglichenheit Ihres Untergebenen, Dipl. Buchhalter Giovanni Bovara, auf.

Selbstverständlich muß ich über die Ergebnisse auch S. E., den Präfekten, unterrichten.

Empfangen Sie meinen militärischen Gruß.

DER KOMMANDANT DES KOMMANDOS
DER KGL. CARABINIERI
von Montelusa
Capitano Alfanio Lostracco

Anlage 2

An den
Signor Capitano
Alfanio Lostracco
Kommandant des
Kommandos der Kgl. Carabinieri
Montelusa

Montelusa, am 15. September 1877

BETREFF: Bericht des Feldwebels der Kgl. Carabinieri, Maresciallo Giacomo Purpura

Signor Capitano!
Nach Erhalt Ihres Befehles hat der Unterzeichnete Maresciallo Giacomo Purpura mit Unterstützung des Brigademeisters, Brigadiere Mariano Ballonetto, unverzüglich die Entfernung zwischen Montelusa und dem auf der topographischen Karte eingezeichneten Orte ausgemessen, an welchem sich die erwähnte anonyme Mühle befinden soll.

Auch das durch die in diesen Tagen niedergegangenen Wolkenbrüche verschlammte Erdreich in Betracht ziehend, welches den Schritt unserer Pferde erschwert hätte, beschlossen wir, uns mit der Abtheilung zu Fuß auf den Weg zu machen, als es noch dunkel war.

Nach Mittag in Sichtweite des Ortes Zammùt angekommen, sind wir, statt zur Abzweigung zu gehen, in den Ort hineingegangen, wo wir eine schnelle Mahlzeit in der Hosteria eines gewissen Filippo Sarcuto in der

Via Nino Biscio eingenommen haben (Rechnung liegt bei).

Dann sind wir zur Abzweigung zurückgekehrt und haben den auf der Karte eingezeichneten Maultierpfad genommen, danach sind wir von der Latifundie »Funnacazzo« zur Latifundie »Terrarossa« hinübergegangen, wo wir den oben erwähnten Johannisbrotbaum gefunden und zweifelsfrei identifiziert haben, von wo aus man nach knapp hundert Schritt zu dem bezeichneten Karrenweg gelangt. Derselbe nimmt allerdings von einer bestimmten Stelle an einen anderen Verlauf als den vom Hauptinspekteur berichteten. Thatsächlich biegt der Weg genau an der Stelle, wo sich die anonyme Mühle befinden soll, in eine Kurve und verläuft nach eigenem Gutdünken weiter.

Dort, wo sich die sogenannte anonyme Mühle befinden sollte, erstreckt sich ein Grundstück, das zwei Bauern mit dem Pfluge für die jahreszeitliche Aussaat beackerten.

Auf Befragung antworteten die beiden, daß dieses Stück Land seit über zwei Jahren durch die Großzügigkeit des Latifundienbesitzers an sie verpachtet sei und sie noch nie einen Schuppen oder eine Mühle, wie die von Inspekteur Bovara beschriebene, gesehen hätten. Bei einer genauen Untersuchung des umliegenden Geländes durch meine Soldaten wurden weder Mühlsteine noch sonstiges Mühlengerät gefunden.

Aus Gewissenhaftigkeit sind wir selbst danach noch in der Umgebung herumgestiegen, ohne jedoch eine Konstruktion, sei es aus Holz, sei es aus Mauerwerk, zu bemerken.

Irgendwann während unserer Untersuchung kam ein berittener Landaufseher vorbei, welcher, nachdem er uns gegrüßt hatte, höflich fragte, wonach wir suchten, und sich uns zur Verfügung stellte, weil dieser Theil der Latifundie seiner Aufsicht oblag. Als er den Grund unserer Nachforschung erfahren hatte, fing er an zu lachen und sagte, daß die nächsten Mühlen sich in Zammùt und Caltabellotta befänden.

Auf Befragung antwortete er, daß der Eigenthümer der Latifundie »Terrarossa« (ehemals im Eigenthume des Marchese Borsellino) und der Eigenthümer der Latifundie »Funnacazzo« (ehemals im Eigenthume der Familie der Barone von Baucina) seit fünf Jahren Signor Nicola Afflitto (Don Cocò) sei, wohnhaft in Montelusa.

Soviel mit ergebenster Hochachtung

DER MARESCIALLO DER KGL. CARABINIERI
Giacomo Purpura

DRINGLICH
EIGENHÄNDIG ÜBERBRACHT

An den Höchstwerthen
Signor Finanzpräsidenten
Montelusa

Montelusa, am 17. September 1877

Höchstwerther Signor Präsident,
da es seit einer Woche nicht mehr möglich war, bei Ihnen vorzusprechen, und der Amtsdiener mir jedesmal, wenn ich darum bat, vorgelassen werden zu können, antwortete, daß Sie besonders beschäftigt seien, theile ich Ihnen mit, daß ich es gerne sähe, wenn Sie mich und die Unterinspekteure mit Ihrer Anwesenheit bei der von mir für morgen, 18. September, einberufenen Besprechung beehren würden.

Trotz Ihrer gegentheiligen Ansicht setze ich Sie bei dieser Gelegenheit davon in Kenntnis, daß diese Besprechungen angesichts der Schwere der Lage, die ich in diesem Amte vorgefunden habe, vierzehntägig stattfinden werden.

Von Tag zu Tag verfestigt sich in mir mehr die Überzeugung, daß dieses Amt ein Centrum gesetzeswidriger Machenschaften gewesen ist, welche sogar zu zwei Morden führten, die bis zu diesem Augenblicke ohne Vollstrecker noch Auftraggeber geblieben sind.

Sie hielten es in jüngst vergangener Zeit für angebracht, mich energisch auf die oberste aller Regeln hinzuweisen: nämlich die, Sie über jeden meiner Schritte im vorhinein zu unterrichten.

Meine Bitte um Ihre Anwesenheit bei der morgigen Besprechung geht genau von diesem Ihrem Wunsche aus.

Hinsichtlich der aus dem Begleitschreiben des Kommandanten des Kommandos der Königlichen Carabinieri, Capitano Alfanio Lostracco, ersichtlichen Muthmaßung über meinen geistigen Gesundheitszustand, das heißt, daß ich in jener Nacht Täuschungen erlegen wäre, bitte ich Sie, lediglich eines in Betracht zu ziehen.

Die Ortsbesichtigung der Kgl. Carabinieri in der Latifundie »Terrarossa« ist zwar durchgeführt worden, doch immerhin mit einer Verzögerung von vielen Tagen nach meiner Anzeige, sei dies nun wegen der Nichtverfügbarkeit der Soldaten oder wegen der widrigen Witterungsverhältnisse. Wieso stellen wir nicht die durchaus vernünftige Überlegung an, daß die Übelthäter einen ausreichend großen Zeitraum zur Verfügung hatten, den aus Holz bestehenden Schuppen, der als Mühle diente, abzubauen und die Spuren durch den Pflug verwischen zu lassen? Es hat sich hier um bitteren Spott gehandelt, weniger zu meinem eigenen Schaden, der ich nur ein unbedeutender Mensch bin, als vielmehr zu dem des Staates, den wir repräsentieren.

Die Frage, die sich folgerichtig stellt, lautet nun: Wer hat die Übelthäter rechtzeitig verständigt?

Das ist die verwirrende Frage, die sich spontan ergibt, sofern sich die Dinge so abgespielt haben wie oben erwähnt.

Es gibt nur eine Antwort: Jemand muß, ohne Ihr Wissen, den Ihnen von mir am 10. d. M. zugeleiteten Bericht gelesen und die entsprechenden Leute verständigt haben.

Mit gebührender Hochachtung
Dipl. Buchhalter Giovanni Bovara

An den
Signor Dipl. Buchhalter
Giovanni Bovara
im Hause

Montelusa, am 17. September 1877

Nicht zufrieden mit der schändlichen Wunde, welche Sie diesem Finanzpräsidium zugefügt haben, und auch noch nicht zufrieden damit, daß Sie dasselbe mit abstrusen und immer schlimmer werdenden Lügen (jetzt sind wir schon bei einer Brutstätte des Verbrechens angelangt!) bei allen Repräsentanten des Staates in dieser Provinz der Lächerlichkeit preisgegeben haben, wagen Sie es weiterhin, mir die Verantwortung für eine Vernachlässigung anzuhängen, welche die geisterhaften Übelthäter über das Eingreifen der Kgl. Carabinieri auf der Latifundie »Terrarossa« in Kenntnis gesetzt haben soll.

Sie äußern, gleich einer Giftschlange, mit lächerlichen Hirngespinsten den Verdacht, daß einer meiner Untergebenen seiner Verpflichtung zur Diskretion, der jeder Staatsbeamte unterliegt, nicht nachgekommen ist!

Mit Verachtung weise ich Ihre erbärmlichen Vermuthungen zurück, über welche Rechenschaft abzulegen Sie noch einbestellt werden.

Ich werde bei der von Ihnen für morgen einberufenen Besprechung mit Ihren Unterinspekteuren nicht anwesend sein können.

DER FINANZPRÄSIDENT
Commendatore Felice La Pergola
(eigenhändig überbracht)

An den Höchstwerthen
Signor Finanzpräsidenten
Montelusa

Montelusa, am 18. September 1877

BETREFF: Bericht des Hauptinspekteurs der Mühlen, Giovanni Bovara

In Anbetracht der Thatsache, daß Sie meiner Einladung, den Vorsitz bei der von mir für heute morgen einberufenen Besprechung mit meinen Unterinspekteuren zu übernehmen, nicht Folge leisteten, beeile ich mich, Ihnen das Nachfolgende mitzutheilen:

1. Auf Grund der – rein zufälligen – Entdeckung eines wichtigen Dokumentes im Büro meines hingeschiedenen Vorgängers Bendicò gelangte ich zu der bitteren Erkenntnis, Licht in einen vorsätzlichen Betrug bringen zu müssen. Der Betrug besteht darin, daß in einem *pactum sceleris* zwischen Unterinspekteuren und Mühlenbesitzern im voraus festgelegt wurde, wann und zu welchem Zeitpunkt die Mühlen Strafen zu zahlen hatten, nach einem einfachen Rotationsprinzip. Dieses System, welches Bendicò möglicherweise von seinem Vorgänger Tuttobene geerbt hat, befreite die Mühlen von Inspektionen und brachte einen beachtlichen Gewinn ein, den sich Bendicò mit seinen Unterinspekteuren theilte. Ein von mir in diesen Tagen durchgeführtes summarisches Kalkül führt zu einer Steuerhinterziehung von unerhörtem Ausmaße.
2. Auf Grund dieser Entdeckung gelang es mir durch eine aufmerksame und eingehende Überprüfung, auch den

Rhythmus der amtlich zugestellten vorgetäuschten Strafen zu ermitteln. Daher war ich, mit großem zeitlichem Abstande zu unserer Besprechung, in der Lage, die Namen der Unterinspekteure vorauszusagen, welche erklären würden, Unregelmäßigkeiten festgestellt zu haben, ebenso die Schwere der Unregelmäßigkeiten selbst, wie auch die Namen und die Lage der Mühlen, wo solche Unregelmäßigkeiten vorgekommen sein sollten. Daher schrieb ich einen an mich selbst adressierten Brief, damit das Datum des Poststempels als Beweis gelten könne. In diesem Briefe waren meine Vermuthungen festgehalten. Ich erlaube mir, Ihnen die Abschrift des Briefes beizufügen, dessen Original ich an einem sicheren Platz hinterlegt habe.

3. Nachdem ich die Berichte der Unterinspekteure angehört hatte, die allesamt auf vollkommenste Weise mit meinen Vermuthungen übereinstimmten, öffnete ich in ihrer Gegenwart das Briefcouvert und verlas den Inhalt desselben. Danach wies ich sie hinaus, einige von ihnen stießen im Hinausgehen dunkle Drohungen aus.

Ich bin fest entschlossen, diese Ermittlung weiterzuführen, welche, meiner Ansicht nach, eine gefährliche Verbrecherorganisation ans Licht bringen könnte.

Und außerdem ist es unmöglich, dessen bin ich mir sicher, daß die Unterinspekteure, in deren Distrikte die Ortschaften Zammùt und Caltabellotta fielen, nicht in Kenntnis darüber waren, was da an Heimlichkeiten in der sich in Luft aufgelöst habenden Mühle von »Terrarossa« vor sich ging.

Ich fordere daher die umgehende Entlassung aller Unterinspekteure, ohne Unterschied, in Erwartung einer Strafanzeige bei den zuständigen Stellen.

Für den Ersatz der Unterinspekteure werde ich mich unmittelbar an das Kommando der Kgl. Carabinieri von Montelusa wenden, damit dieses mir freundlicherweise die Namen von Personen von unanzweifelbarer Reputation nennt. Sie werden sicher verstehen, daß ich in der gegenwärtigen Situation nicht die Absicht habe, mich, wie gewohnt, an Advokat Fasùlo zu wenden, um von ihm eine Liste mit einzustellenden Personen zu bekommen.

Mit gebührender Hochachtung
Dipl. Buchhalter Giovanni Bovara

(eigenhändig überbracht)

An den
Hauptinspekteur
Dipl. Buchhalter Giovanni Bovara
im Hause

Montelusa, am 19. September 1877

Hochverehrter Signor Dipl. Buchhalter,
mit allergrößtem Bedauern sehe ich mich vor die Nothwendigkeit gestellt, Ihnen mittheilen zu müssen, daß unser Signor Finanzpräsident, Commendatore Felice La Pergola, sich gestern abend über ein starkes, plötzliches Unwohlsein beklagte, in dessen Folge sein Hausarzt die sofortige Einweisung in ein Krankenhaus in Palermo verfügte.

Ihre Forderung nach Entlassung der Unterinspekteure kann daher vom Finanzpräsidenten nicht gegengezeichnet werden, um in vollem Umfange Gültigkeit zu besitzen. Man muß mithin auf seine baldige Rückkehr hoffen oder, als verhängnisvolle Möglichkeit, die Ernennung eines Stellvertreters abwarten.

In der Gewißheit, daß Sie sich den Gebeten für die Gesundung unseres geliebten Finanzpräsidenten anschließen wollen, grüße ich Sie.

Der Privatsekretär des Finanzpräsidenten
Augusto Borzacchini

BISCHOFSKURIE VON MONTELUSA

DRINGLICH

An den
Hochverehrten Dipl. Buchhalter
Giovanni Bovara
Hauptinspekteur der Mühlen
Königliches Finanzpräsidium
Montelusa

Montelusa, am 21. September 1877

Hochverehrter Signor Diplom-Buchhalter,
Seine Exzellenz, der Bischof von Montelusa, Aristide La Volpe, dessen unwürdiger Diener und auch Privatsekretär ich, Don Eustachio Parlato, bin, ist sich nicht zu gering, durch mich nicht an Ihre christliche Caritas, dieweil Ihm Ihre religiösen Empfindungen nicht bekannt sind, sondern an Ihre menschliche Pietas zu appellieren, um Ihr großmüthiges Überdenken hinsichtlich der drohenden Entlassung der Ihnen unterstellten Unterinspekteure der Mühlen zu erbitten.

Er hegt keinen Zweifel, daß dieselben Verfehlungen begangen haben und ganz sicher eine gerechte Strafe verdienen, doch zehn Familienväter auf das Straßenpflaster zu werfen scheint Seiner Hochwürdigsten Exzellenz eine gefährliche Unmäßigkeit, welche Menschen in Elend und Noth stürzen würde, die sich bereits an deren Abgrund befinden.

Unter Ihren zehn Unterinspekteuren ist einer, welcher ein liebwerther, bevorzugter Neffe Seiner Hochwürdigsten Exzellenz ist, doch seinen Namen zu enthüllen hat mir Seine Hochwürdigste Exzellenz ausdrücklich untersagt, weil Er alle zehn, welche sich Ihren gerechten Zorn zugezogen haben, als seine vielgeliebten Söhne betrachten möchte, ohne einem von ihnen den Vorzug zu geben.

In der Gewißheit, daß Sie Seinem väterlichen Rathe folgen werden, schlägt Seine Hochwürdigste Exzellenz Ihnen vor, daß Sie, statt der angedrohten Entlassung, die Versetzung in einen anderen Distrikt in Erwägung ziehen wollen, damit jeder Unterinspekteur seine Aufgabe in einem ihm völlig unbekannten Gebiete ausüben kann und folglich keinem Drucke, keiner Drohung, keinem Befehle länger mehr untersteht.

Gewiß, dieses wird bedeuten: andere Wohnstätten und die Umsiedlung ganzer Familien mit schweren finanziellen Belastungen.

Doch haben sie allesamt Verfehlungen begangen, leider! Seine Hochwürdigste Exzellenz vertraut darauf, daß diese Versetzung den Unterinspektoren zur Mahnung gereicht, damit dieselben nie wieder eine Überschreitung begehen und nie wieder den leuchtenden Weg der Gerechtigkeit und der Ehrlichkeit verlassen.

Indem Sie den wohlüberlegten, umsichtigen Vorschlag Seiner Hochwürdigsten Exzellenz aufnehmen, werden Sie sich *coram populo* als eingedenk jenes Diktums erweisen, welches ein Unterpfand für eine gute Regierung der Menschen ist: *Et rege eos et extolle illos* – Er verwirft die einen und erhöht die anderen.

Wollen Sie bitte den väterlichen Segen Seiner Hochwürdigsten Exzellenz, Aristide La Volpe, Bischof von Montelusa, empfangen.

Der Privatsekretär Seiner Hochwürdigsten
Exzellenz des Bischofs
Monsignore Eustachio Parlato

ADVOKAT PROF. CAVALIERE GREGORIO FASÙLO
Via della Libertà Nr. 8, Montelusa

An den
Dipl. Buchhalter
Giovanni Bovara
Königliches Finanzpräsidium
Montelusa

Montelusa, am 21. September 1877

Signor Diplom Buchhalter,
mir sind Gerüchte zu Ohren gekommen, denen zufolge Sie die Absicht geäußert haben sollen, die Ihnen untergebenen Unterinspekteure entlassen zu wollen. Diese beschuldigen Sie nebelhaft verschwommen irgendwelcher Vergehen, die von Betrug bis zur Bildung einer kriminellen Vereinigung reichen.

Wofern Sie es nicht wissen sollten, sind die Herren freundlicherweise von mir, und zwar ohne Honorar, nur *amore Deo*, dem Finanzpräsidium übermittelt worden, welches mich darum gebeten hatte.

Folglich beschuldigen Sie indirekt auch mich, dem Finanzpräsidium bewußt und wissentlich eine Bande von Verbrechern benannt zu haben, eine Beschuldigung, welche noch dadurch bekräftigt wird, daß Sie den Entschluß gefaßt haben, nicht länger meine Dienste für die Einstellung neuen Personals in Anspruch nehmen zu wollen, sondern die Zusammenarbeit mit den Königlichen Carabinieri zu suchen.

Sollten sich derlei Gerüchte bestätigen, weise ich Sie darauf hin, daß ich rechtliche Schritte zum Schutze meiner Ehre einleiten werde.

Adv. Cav. Gregorio Fasùlo

PROF. DR. CAVALIERE DEPUTIERTER
GERARDO CASUCCIO
Mitglied des Parlamentes
Montelusa

An den
Hochverehrten Dipl. Buchhalter
Giovanni Bovara
Hauptinspekteur der Mühlen
Königliches Finanzpräsidium
Montelusa

Montelusa, am 23. September 1877

Hochverehrter, Höchstgeschätzter
Signor Diplom Buchhalter,
gerade gestern erst bin ich von einem langen Aufenthalte in Rom zurückgekehrt, wo ich meinen parlamentarischen Pflichten nachgekommen bin (unter anderem hatte ich die Gelegenheit, S. E. den Finanzminister kennenzulernen, welcher, mit höchstem Feingefühle, sich besonders aufgeschlossen zeigte für die ihm von mir dargelegten Probleme unserer Provinz).

Unverzüglich habe ich Kenntnis über die bedauerliche Situation erhalten, welche zwischen Ihnen und Ihren Unterinspekteuren entstanden ist.

Gleich jedem guten Seelenhirten, dem das Wohlergehen seiner Schafe am Herzen liegt, muß sich auch ein guter Repräsentant im Parlamente um die irdischen Belange all jener kümmern, welche, indem sie ihn wählten, ihm in Wahrheit nichts als Pflichten aufbürdeten, ihn mit Beschwerden, Gesuchen, Unterstützungsbitten und Empfehlungen überhäufen.

Ich sage Ihnen unumwunden, daß mich die von Ihnen bekundete Absicht, die von Ihnen abhängigen Unterinspekteure zu entlassen, schmerzt. Diese, meine Wähler, haben mich umgehend informiert, dabei zeigten sie weder Zorn noch irgendwelche Rachegefühle, sondern, wegen des Fehlers, zu welchem sie sich hatten verleiten lassen, ein zerknirschtes Gemüth.

Ja, hochverehrter Signor Diplom-Buchhalter: das ist die Lage! Voller Reue haben sie mir offenbart, daß sie, wiewohl nicht wollend und mit tiefem Abscheu, das Haupt vor den Befehlen der beiden tückischen Tuttobene und Bendicò beugen mußten, die einzigen Erfinder und Nutznießer dieser abscheulichen Mauscheleien!

Die Unterinspekteure erflehen durch mich Ihre Nachsicht: der Fehler ist begangen worden, weil zuerst Tuttobene und anschließend Bendicò ihnen mit Entlassung gedroht hat, wofern sie sich weigerten, sich diesen betrüblichen Machenschaften zu widersetzen.

Sollten Sie von Ihrer Absicht nicht abrücken, kämen diese Armen vom Regen in die Traufe!

Ich bin hier, um Ihnen den Vorschlag für eine schwere Verwarnung zu unterbreiten, welche darin besteht, daß jeder von ihnen den bisherigen Distrikt verläßt und in einen neuen versetzt wird: diese Rotation würde für jeden Unterinspekteur die Loslösung von vorherigen Bindungen mit sich bringen. An Ihre Vernunft appellierend, bitte ich Sie, meinen allerherzlichsten Gruß entgegenzunehmen.

Prof. Dr. Cav. Gerardo Casuccio

Mitglied des Parlamentes

Post scriptum:

Die von mir vorgeschlagene Lösung würde, unter anderem, den Zorn meines brüderlichen Freundes, Advokat Gregorio Fasùlo, besänftigen: wofern Sie der These und dem Vorschlage zustimmen, hätte er nicht aus freien Stücken Namen von korrupten Personen aufgelistet, sondern solcher Personen, welche im Rahmen ihrer Thätigkeit zur Korruption gezwungen wurden.

»La Concordia«
Wochenblatt von Montelusa

Herausgeber und Eigenthümer:
Salvatore Afflitto

23. September 1877

WAS IST LOS IM FINANZPRÄSIDIUM?

Ein Vöglein flog von Dach zu Dach und ließ sich gestern auf dem unseren nieder. Es brachte uns Mären, welche ja durchaus belustigend sein könnten, wenn sie nicht so tragisch wären. Wie es scheint, pflegt der neue Hauptinspekteur der Mühlen, ein gewisser Giovanni Bovara, von Reggio Emilia hierher verweht, um Schaden anzurichten, nächtens übers Land zu reiten, ausgerüstet mit einem Fernrohr und mindestens zwei Litern guten Weines. So kommt es denn häufig vor, daß er, wenn er durchs Fernrohr schaut, Glühwürmchen für Laternen hält oder, wenn es Ihnen, lieber Leser, mehr zusagt: eine Sache für eine andere. Gerechtermaßen verspottet, hat er sich entschlossen, sein Müthchen an seinen Untergebenen zu kühlen. Wir fragen den werthen Finanzpräsidenten, Commendatore Felice La Pergola (dem wir baldige Genesung wünschen), was Er von diesem Seinem Inspekteur hält? Weiß der werthe Finanzpräsident nicht, daß es im Finanzministerium in Rom eine eigens eingerichtete Disziplinarabtheilung gibt? Wäre es nicht an der Zeit, mit den wunderlichen Unternehmungen des Signor Hauptinspekteurs Schluß zu machen?

(*S. Af.*)

ADVOKAT FRANCESCO PAOLO LOSURDO
Via Indipendenza Nr. 33, Montelusa

An den
Geehrten Dipl. Buchhalter
Giovanni Bovara
Königliches Finanzpräsidium
Montelusa

Montelusa, am 25. September 1877

Sehr geehrter Signor Bovara,
heute morgen habe ich Ihr langes Schreiben erhalten und danke Ihnen für das mir entgegengebrachte Vertrauen.

Der kleine Artikel im Wochenblatte »La Concordia«, unterzeichnet mit dem Kürzel S.Af. (das für Salvatore Afflitto steht, den Eigenthümer und Herausgeber), ist ganz zweifellos von niedrigen Unterstellungen geprägt, juristisch allerdings kann man ihn nicht als diffamierend betrachten.

Er stützt sich, wie Sie mir schreiben, auf einen Bericht der Königlichen Carabinieri, welcher die Unbegründetheit dessen behauptet, was Sie zur Anzeige gebracht haben.

Dieser für Sie negative Bericht ist leider maßgebend. Wenigstens bis zum Beweis des Gegentheiles.

Wir könnten gegen Afflitto nur insoweit vorgehen, als er eine durch Alkohol beeinflußte Wahrnehmungsveränderung gemuthmaßt hat, aber das wäre zu wenig. Sofern Sie beweisen könnten, völlig abstinent zu sein, gäbe es eine kleinste Hoffnung, im gegentheiligen Falle würde ich empfehlen, keine rechtlichen Schritte zu unternehmen.

Ja, auf Ihre Frage muß ich folgendermaßen antworten: Signor Salvatore Afflitto ist der (jüngere) Bruder von Don Nicola Afflitto.

Ich stehe Ihnen stets zur Verfügung. Empfangen Sie einstweilen meine Grüße!

Adv. Francesco Paolo Losurdo

An den
Hochgeehrten Cavaliere Officier
Ottavio Rebaudengo
Staatsanwalt des Königs
Montelusa

Montelusa, am 25. September 1877

Hochgeehrter Signor Staatsanwalt,
der Unterzeichnete Giovanni Bovara, derzeit Hauptinspekteur der Mühlen beim hiesigen Finanzpräsidium, erlaubt sich, diesem Schreiben beizufügen:

1. Abschrift des von mir geschriebenen und an mich selbst adressierten Briefes vom 3. September 1877;
2. Abschrift meines Berichtes an den Finanzpräsidenten mit Datum des 10. September 1877;
3. Abschrift des mit Datum des 15. September 1877 abgeschickten Briefes des Kommandanten der Kgl. Carabinieri an den Finanzpräsidenten;
4. Abschrift des Berichtes des Feldwebels der Kgl. Carabinieri, Maresciallo Giacomo Purpura, an Capitano Lostracco mit Datum des 15. September 1877;
5. Abschrift des von mir an den Finanzpräsidenten geschriebenen Briefes mit Datum des 17. September 1877;
6. Abschrift des von mir an den Finanzpräsidenten geschickten Berichtes mit Datum des 18. September 1877;
7. Abschrift der mir von den Unterinspekteuren übergebenen und unterschriebenen Berichte mit Datum des 18. September und Punkt für Punkt das bestätigend, was

ich mit Datum des 3. September 1877 an mich selbst geschrieben habe;

8. Abschrift des Briefes der Bischöflichen Kurie mit Datum des 21. September 1877;
9. Abschrift des mir von Adv. Gregorio Fasùlo geschickten Briefes mit Datum des 21. September 1877;
10. Abschrift des mir vom Deputierten Gerardo Casuccio geschickten Briefes mit Datum des 23. September 1877;
11. Ausschnitt aus der Wochenzeitung »La Concordia« mit Datum des 23. September 1877.

Ziehen Sie aus alle dem, sofern Sie wollen, die entsprechenden Konsequenzen.

Zuletzt bringe ich Ihnen, hochgeehrter Signor Staatsanwalt, zur Kenntnis, daß weitere von mir bei den zuständigen Ämtern durchgeführte Nachforschungen folgendes ergeben haben: alle Eigenthümer sämtlicher 82 (zweiundachtzig) in Betrieb befindlicher Mühlen in dieser Provinz haben ihren gemeinschaftlichen Gesellschaftssitz in Montelusa, in der Via Re Ruggero Nr. 18. Es handelt sich dabei um einen einzigen Raum im Erdgeschoß, welches Eigenthum von Signor Nicola Afflitto ist.

Des weiteren werden die zweiundachtzig Mühlen von einem einzigen Advokaten vertreten: Signor Gregorio Fasùlo, derselbe, welcher dem Finanzpräsidium die Unterinspekteure zur befristeten Anstellung übermittelt hat.

Für jede weitere Klärung stehe ich zu Ihrer Verfügung. Mit dem Ausdrucke meiner höchsten Werthschätzung verbleibe ich

Dipl. Buchhalter Giovanni Bovara

KÖNIGLICHE STAATSANWALTSCHAFT VON MONTELUSA – DER STAATSANWALT DES KÖNIGS

DRINGLICH

An Signor
Capitano Gustavo Francescon
Kgl. Corps der Finanzpolizei
Montelusa

Montelusa, am 27. September 1877

Kommandant,
mit diesem Schreiben bitte ich Sie, mir, nach eingehender Nachforschung, einen detaillierten Bericht über den Umfang des Vermögens der Signori Nicola Afflitto und Advokat Gregorio Fasùlo zukommen lassen zu wollen, beide wohnhaft in Montelusa, wo dieselben ihre Thätigkeiten ausüben.

Des weiteren müßten Sie dieser Staatsanwaltschaft die Satzungen der nachstehend aufgelisteten Sozietäten mit den jeweiligen Namensnennungen der Sozietäre, den Namen der Mitglieder der möglichen Vorstandsräte, den Namen all derer, welche auf irgendeine Weise in diesen Sozietäten Aufgaben wahrnehmen, übermitteln:

1. Sozietät »La Concordia« für die Leitung des gleichnamigen Wochenblattes;
2. Sozietät »Neue Mühlen«;
3. Sozietät »Der gute Sämann« für die Pacht der Latifundien »Terrarossa« und »Funnacazzo«.

Sie sollen wissen, daß alle diese Sozietäten und alle, welche die Mühlen in dieser Provinz leiten, ihren Gesellschaftssitz in der Via Re Ruggero Nr. 18 haben, in einem einzigen Raume im Erdgeschoß eines Gebäudes, welches das Eigenthum von Signor Nicola Afflitto ist, der dort auch wohnt. Der Rechtsstandort all dieser o.g. Sozietäten dagegen ist bei Advokat Gregorio Fasùlo angesiedelt.

Zwischenzeitlich lassen Sie die Rechnungsbücher überprüfen.

Mit geschätzter Hochachtung

DER STAATSANWALT DES KÖNIGS
Ottavio Rebaudengo

PROF. DR. CAVALIERE DEPUTIERER
GERARDO CASUCCIO
Mitglied des Parlamentes
Montelusa

An den
Höchstwerthen Großofficier
Efraimo Focosi
Direktor der Disziplinarabtheilung
Finanzministerium
Rom

Montelusa, am 29. September 1877

Höchstwerther Dottor Focosi,
mit aller Aufrichtigkeit will ich Sie darüber in Kenntnis setzen, daß ich im Begriffe stehe, eine parlamentarische Anfrage an Ihren Minister hinsichtlich der schuldhaften Unthätigkeit des Finanzpräsidenten von Montelusa, Commendatore Felice La Pergola, sowie der von Ihnen geleiteten Abtheilung zu richten. Der eine wie die andere lassen den ebenso beleidigenden wie auch verheerenden Gehirngespinsten des Hauptinspekteurs der Mühlen von Montelusa und Provinz, eines gewissen Diplom-Buchhalters Giovanni Bovara, freien Lauf. Dieser verfolgt, unbegründet und verbissen, eine hochgestellte Persönlichkeit unserer Stadt, Signor Nicola Afflitto, welcher erst kürzlich von Seiner Hochwürdigsten Exzellenz, dem Bischof von Montelusa, als »frommer und großzügiger

Mann, die Ehre und der Ruhm dieser Stadt« bezeichnet wurde.

Aus jeder politischen Richtung, einige Aufrührer ausgenommen, ist die Hochachtung des Signor Afflitto gewährleistet, und zwar sowohl wegen der Charaktereigenschaften dieses Menschen als auch wegen der zahlreichen Unternehmungen, welche allesamt die zivile Entwicklung unseres Landes sich zum Ziele gesetzt haben.

Indessen jedoch hat diese unsinnige Verfolgungswuth bereits eine erste negative Auswirkung hervorgebracht. Die hohe Sensibilität von Signor Afflitto ist dermaßen getroffen, daß Signor Afflitto seinen engsten Freunden (zu welchen zu gehören ich die Ehre habe) seine Absicht kundgethan hat, seine Geschäfte aufzugeben, das heißt sämtliche vorhandenen Sozietäten zu liquidieren.

Eine solche Absicht, würde sie in die That umgesetzt, wäre ein nicht auszudenkendes Unglück für unsere Provinz, sie zöge einen tiefgreifenden wirtschaftlichen Verfall nach sich, weil Signor Nicola Afflitto durch seine vielfältigen Thätigkeiten, welche vom Bauunternehmen bis zum Fischfang, von der Landwirtschaft bis zur Veröffentlichung des städtischen Wochenblattes reichen, Hunderten von Familienvätern die Möglichkeit eines sicheren Arbeitsplatzes bietet.

In der Gewißheit, daß Sie Verständnis für das vorgetragene Problem haben, mögen Sie meine Grüße entgegennehmen.

Der Deputierte im Parlamente
Prof. Dr. Cav. Dep. Gerardo Casuccio

PROF. DR. CAV. DEP. GERARDO CASUCCIO
Mitglied des Parlamentes
Montelusa

DRINGLICHES PERSÖNLICHES SCHREIBEN

An den
Hochvorzüglichen Großofficier
Salvatore Bonafede
Kabinettschef
S. E. des Justizministers
Rom

Montelusa, am 29. September 1877

Theuerster und vielgeliebter Totò,
ich will Dich über eine schwerwiegende Situation in Kenntnis setzen, welche in Montelusa durch den daselbst ansässigen Staatsanwalt des Königs, Ottavio Rebaudengo, entstanden ist, welcher, wiewohl Piemontese, sich ärger verhält als ein Sizilianer. Er stammt aus Cuneo, wo sie, wie ich höre, einen noch härteren Dickschädel haben als in Kalabrien. Dieses schreibe ich Dir, weil eben gestern noch unser Freund Fasùlo ihn um ein Gespräch gebeten hatte, um zu versuchen, ihn zur Raison zu bringen, doch er bekam nur die Thüre ins Gesicht geschlagen. Dieser Staatsanwalt Rebaudengo, welcher unbesonnen den (von den Kgl. Carabinieri be-

stätigten) Hirngespinsten eines Mühleninspekteurs im hiesigen Finanzpräsidium Gehör schenkt, hat die Finanzpolizei auf unseren theuersten Freund Cocò Afflitto gehetzt.

Du weißt sehr wohl, welch großen Antheil Cocò an meinem Eintritt in die Politik gehabt hat: daß ich überhaupt diesen Kampfplatz betreten konnte, verdanke ich zum großen Theile der handfesten Unterstützung Cocòs. Und wenn Du den Posten hast, welchen Du hast, verdankst Du dies zum großen Theile meiner Unterstützung. Das ist wie eine Sankt-Antonius-Kette: unterbricht man sie, zieht Gefahr auf.

Fasùlo ist tief besorgt über die Entwicklungen, welche die Situation nehmen kann. Rebaudengo und Bovara (so heißt der Mühleninspekteur) können, wenn sie gemeinsame Sache machen, mehr Schaden anrichten als eine Fere in einem Thunfischschwarm.

Für uns (und indirekt auch für Dich) ist es lebenswichtig, daß dieser Rebaudengo aufgehalten und in eine Lage versetzt wird, in welcher er nicht mehr weitermachen kann.

Du müßtest beim Minister intervenieren. Ich habe ihn kennengelernt, und er ist mir wie eine Person vorgekommen, mit welcher man reden kann.

In zwei Tagen werde ich wieder in Rom sein und Dir die Sache in allen Einzelheiten erzählen. Wenn ich sie Dir schriftlich vorweg bekanntgegeben habe, dann nur, weil wirklich keine Minute zu verlieren ist.

Ich theile Dir mit, daß es Cocò selbst war, welcher sich Deiner erinnerte und mir Deinen Namen für eine entschlossene Intervention nannte, durch welche dieser Staatsanwalt uns von den Eiern geblasen wird, vielleicht gar dadurch, indem man ihn in irgendein Kaff im Piemont versetzt, wo die heimatliche Luft seiner Gesundheit und seinem Kopf sicherlich gut thun wird.

Bis bald, Totò.
Es umarmt und küßt Dich Dein

Gegè

An den Hochgeehrten
Don Emanuele Moro
Via della Libertà Nr. 15
Montelusa

Palermo, am 29. September 1877

Theuerster Don Memè,
rein officiös und vertraulich habe ich eben die Nachricht erhalten, daß der von uns beantragte Schiedsentscheid hinsichtlich der Rechtmäßigkeit des Eigenthumanspruches des Landstückes Pircoco zu unseren Ungunsten ausfallen wird. Daher wird, diesem officiösen Gerüchte nach, das Landstück Pircoco rechtlich der Gegenpartei zugesprochen, das heißt Padre Carnazza.

Da mich mit meinem Berufe zusammenhängende Angelegenheiten nun noch ein paar Tage in Palermo festhalten, bitte ich Sie eindringlich: Sollte die Verkündung des Schiedsentscheids in meiner Abwesenheit erfolgen, lassen Sie sich zu keinerlei Äußerungen hinreißen und noch viel weniger zu Thaten und Worten, welche im krassen Gegensatze zu dem im Schiedsentscheid Festgelegten stehen, insbesondere im Gegensatz zu Ihrem Cousin, Padre Carnazza.

Jedes Ihrer Worte, jede Ihrer Handlungen könnte jeden meiner weiteren rechtlichen Schritte werthlos machen.

Was ich Ihnen schreibe, ist in Ihrem ureigenen persönlichen Interesse, haben Sie also die Güthe, dies in seinem ganzen Umfange einzusehen.

Sobald ich in einigen Tagen wieder in Montelusa zurück bin, betrachte ich es als meine persönliche Pflicht, mit Ihnen zusammenzukommen und zu besprechen, welche Schritte zu unternehmen sind.

Unterdessen grüße ich Sie als Ihr ergebenster

Adv. Francesco Paolo Losurdo

KÖNIGLICHE STAATSANWALTSCHAFT VON MONTELUSA – DER STAATSANWALT DES KÖNIGS

DRINGLICH

An Signor
Capitano Gustavo Francescon
Königliches Corps der Finanzpolizei
Montelusa

Montelusa, am 30. September 1877

Kommandant,
würden Sie freundlicherweise der Aufstellung der Sozietäten des Signor Nicola Afflitto diese beiden nachfolgenden noch hinzufügen:

1. Sozietät »Der wunderbare Fischfang« (welche um die zwanzig Segelboote von Vigàta umfassen soll);
2. Sozietät »DieGrottevonNazareth« (Unternehmersozietät für zahlreiche öffentliche Bauaufträge).

Auch ist mir berichtet worden, daß Signor Afflitto einen beträchtlichen Gesellschaftsantheil an den Tageszeitungen »La voce dell'Isola« und »La Gazzetta di Palermo« besitzt. Würden Sie das bitte verifizieren?
Mit Hochachtung

DER STAATSANWALT DES KÖNIGS
Ottavio Rebaudengo

An Signor Bovara

Lieber Cusön,
als Du heute Morgen in den Salon kamst um Dir den Barth schehren zu lassen fragtest Du mich daß Du an einem der nächsten Abende zum Essen eingeladen werden möchtest weil Du mit mir sprechen willst. Lieber Cusön es thut mir aufrichtig leidt Dir sagen zu müssen daß ich als ich nach Hause kam meinen einen Sohn an Scharlach und den anderen an Mumps erkrankt vorfandt und zu alledem hat meine Frau einen Malariaanfall bekommen.

Aus diesem Grundte habe ich beschlossen den Salon für eine gewisse Zeit zu schließen und mit der gesammten Familie aufs Land ins Haus einer Verwandten meiner Frau zu ziehen weshalb ich nicht das Vergnügen haben kann Dich einzuladten.

Es umarmt Dich Dein Dich liebender Cusön

Fefè

KOMMANDO DER KÖNIGLICHEN CARABINIERI
VON MONTELUSA
DER KOMMANDANT

An den
Höchstwerthen Großofficier
Ottavio Rebaudengo
Staatsanwalt des Königs
Montelusa

Montelusa, am 1. Oktober 1877

Höchstwerther Signor Staatsanwalt des Königs,
in Anbetracht der heiklen Aufgabe, welche Euer Hochwohlgeboren diesem Kommando der Kgl. Carabinieri von Montelusa gestellt haben, wollte ich die Ermittlung persönlich durchführen, auch weil die Anzeige einer vermutlich geheimen, auf der Latifundie »Terrarossa« sich in Betrieb befindlichen Mühle (diese Latifundie ist, gemeinsam mit der angrenzenden Latifundie »Funnacazzo«, Eigenthum des Signor Nicola Afflitto, so weit wir dieses beim hiesigen Landwirtschaftskomitium feststellen konnten) von mir aufgenommen und auf Grund des Ergebnisberichtes des von mir an den Thatort entsandten Feldwebels der Kgl. Carabinieri archiviert worden war.

An die von Diplom-Buchhalter Bovara angegebene Stelle zurückgekehrt, und zwar mit Hilfe eben dieses Feldwebels, Maresciallo Purpura, welcher bereits daselbst gewesen war, habe ich in der That eine beachtliche Unstimmigkeit zwischen dem Verlaufe der von Diplom-Buchhalter beschriebenen Straße und der in Wirklichkeit existierenden festgestellt. Der Weg endet nämlich nicht dort, sondern führt, nach einer Biegung, noch einige hundert Meter weiter bis zum Fuße eines felsigen Hügels, wo er jäh abbricht. Und den Platz, an welchem sich die Mühle hätte befinden sollen, gibt es zwar, aber es handelt sich dabei um ein gepflügtes Feld. Bis hierher stimmte alles mit dem überein, was Maresciallo Purpura in seinem Berichte geschrieben hatte.

Gleichwohl konnte man, bei aufmerksamerer Betrachtung und Erwägung des Zustandes dieses Feldes, gewisse Widersprüchlichkeiten wahrnehmen. Die erste bestand darin, daß das Feld zu ungefähr zwei Dritteln gepflügt war: Warum war das letzte Drittel, in jeder Weise identisch hinsichtlich seiner Beschaffenheit mit den beiden anderen Dritteln, nicht vom Pfluge berührt worden? Zumal als dieses eine energische Bearbeitung mit dem Pfluge gut hätte gebrauchen können, insofern seine Oberfläche sich als vollkommen eben und fest zeigte, was durch ein übermäßig lange dort aufliegendes Gewicht zustande gekommen ist. Und so gibt es denn in der That auch keinerlei Spur von Gras. Die einzige Erklärung für den Abbruch des Pflügens war nur eine: man brauchte es nicht mehr, da der Pflug nicht für landwirtschaftliche Arbeiten eingesetzt wurde, sondern für die Unkenntlichmachung des Erdbodens. Als dieses nicht mehr für nothwendig erachtet wurde (nämlich nach dem erfolgten Besuche meiner Soldaten), wurde es abgebrochen.

Eine weitere Widersprüchlichkeit: Wie kommt es, daß die beiden Bauern zwanzig Tage nach dem Besuche des Maresciallo noch keine Saat ausgestreut hatten?

Eine letzte Beobachtung: ungefähr hundert Meter vor der theilweise gepflügten Stelle gabelt sich der Karrenweg: der Sekundararm des Weges führt, wenn man ihm folgt, ins Nirgendwo, einzig an den Fuß des Felshügels. Welchen Sinn sollte er also haben? Es würde statt dessen durchaus logisch erscheinen anzunehmen, daß dieser Arm an eine ganz bestimmte Stelle geführt hat, nämlich zu der verschwundenen Mühle.

Es ist daher möglich, daß in dem Zeitraume zwischen der Anzeige des Diplom-Buchhalters Bovara und der Abkommandierung meiner Soldaten ein teuflisches Zauberspiel in Gang gesetzt worden ist, mit welchem die Holzkonstruktion zum Verschwinden gebracht und die Topographie verändert wurde.

Stets zu Ihrer Verfügung

DER KOMMANDANT DES KOMMANDOS
DER KGL. CARABINIERI
VON MONTELUSA

Capitano Alfanio Lostracco

Mittwoch, 3. Oktober 1877

Um drei Uhr morgens hatte er das Haus verlassen, um eine Inspektion durchzuführen, die er sich für die Mühle »San Benedetto« in der Umgebung von Cianciàna vorgenommen hatte.

Er hatte mit knapp drei Stunden gerechnet, und die brauchte er dann auch. Attilio Lagùmina, der sich als der Mühlenbesitzer vorgestellt hatte, zeigte ihm das in keiner Weise zu beanstandende Handelsjournal. Wie man sehen konnte, hatte sich das Gerücht verbreitet, daß man mit ihm nicht herumalbern konnte. Auf dem Rückweg, als er sich bereits im Gemeindebann von Sanfilippo befand, ging plötzlich ein heftiger Wolkenbruch nieder. Dann kam die Sonne wieder hervor, doch seine Kleider waren völlig durchnäßt. In diesem Zustand konnte er sich natürlich nicht im Amt zeigen, daher überlegte er sich an der Gabelung zwischen Montelusa und Vigàta die Sache kurz und entschloß sich dann, schnell zu Hause vorbeizuschauen und die Kleider zu wechseln. Noch keine fünfhundert Meter weiter bog er von der Straße ab und nahm eine Abkürzung, einen verlassenen Weg, inmitten von Moosflechten: eine Art Geröllansammlung, aus der riesige Felsblöcke ragten, mit Spitzen, die sie wie Berge in Miniaturform aussehen ließen, wie eine riesige Krippe.

Seit ungefähr fünf Minuten ging Stiddruzzu nur mühsam weiter, als plötzlich ein Schuß, ohrenbetäubend laut und ganz nah, die glänzende Luft zerriß. Möwen flogen erschreckt krächzend auf. Stiddruzzu scheute, bäumte sich auf, machte zwei Sätze vor, sprang nach links und blieb schließlich angespannt stehen, mit gespitzten Ohren. Giovanni sprang vom Pferd und brachte sich hinter einem Felsblock in Schutz, zog den Revolver aus seiner Tasche, in der Überzeugung, in einen Hinterhalt geraten zu sein. Er hielt den Kopf gesenkt. Bevor er sich in alle Richtungen umschaute, wollte er überlegen, wie die Lage sich darstellte. Mit einer Spur von Bitterkeit fragte er sich, ob vielleicht, o heiliger Martin, nun sein Ende gekommen sei. Nach Tuttobene und Bendicò war die Reihe also an ihm. Dann hörte er das Schlagen von Hufen, die sich eilig entfernten. Da begriff er, daß der Schuß auf jemand anderen abgefeuert worden war.

Langsam richtete er sich auf, die Waffe weiterhin in der Hand. Der Schuß war mit Sicherheit hinter dem Felsblock zu seiner Linken abgefeuert worden, der die Form einer abgebrochenen Gabel hatte. Er machte ein paar Schritte. Blieb aber sofort wieder stehen. In knapper Entfernung, neben dem Felsen, hatte er ein aufgezäumtes Maultier gesehen, doch keinen Reiter. Was hatte das zu bedeuten? Eine Falle? Ein Täuschungsmanöver? War das Geräusch der sich entfernenden Hufe nur eine Finte, um ihn aus seiner Deckung zu locken, während sich ein zweiter Mann hinter dem Fels verborgen hielt? Er legte sich auf die Erde, hob den Arm und feuerte einen Schuß in die Luft ab: die sollten ruhig wissen, daß auch er bewaffnet und keineswegs gewillt war, sich umbringen zu lassen. Stille. Dann, statt direkt auf den Fels zuzugehen, schlich er in einem großen Halbkreis um ihn herum. Er zog das Fernrohr heraus und blickte hinüber. Da war zwar ein Mann, aber der stand nicht auf seinen Beinen. Der lag ausgestreckt auf der Erde, mit dem Bauch in der Luft, mit überkreuzten Armen und einem großen Blutfleck am oberen Teil der Brust, direkt unterhalb der Kehle.

Instinktiv lief er auf den Mann zu, dann blieb er, wie vom Schlag gerührt, stehen. Noch nie zuvor hatte er einen Erschossenen gesehen, noch nie zuvor so viel Blut. Dann bewegte er sich wieder, beinahe auf Zehenspitzen, mit zittrigen Knien. Als er noch wenige Schritte entfernt war, hörte er das Röcheln oder besser gesagt so etwas wie ein rauhes Pfeifen, unterbrochen von kratzendem Gurgeln. Das war keine Frau, wie es ihm im ersten Augenblick vorgekommen war, sondern ein Priester. Er hatte die Soutane für einen Rock gehalten.

Giovanni kniete neben dem Verletzten nieder, kramte aus der Tasche das rot gemusterte Halstuch hervor, versuchte, das Loch, das er nur wenig unterhalb des Adamsapfels hatte, mit dem Tuch zu stopfen. Der Hut des Priesters war ein paar Schritte weiter gerollt. Giovanni war in Schweiß gebadet, er wußte nicht, was er tun sollte. Der Priester selbst half ihm, indem er die Augen öffnete, die er vorher fest verschlossen hatte, und blickte ihn starr an. Da erkannte Giovanni ihn: das hier war der berühmte Padre Carnazza, mit dem ihn jemand aus dem Finanzpräsidium bekannt gemacht hatte und über den sein Cousin Fefè ihm so viel erzählt hatte. Der Priester blickte ihn weiterhin starr an und versuchte schließlich, irgend etwas zu artikulieren.

»Spa...ato... spa...iiii...ato.«

Spaiato? Was sollte das bedeuten? »Sparato« vielleicht? Geschossen?

Er schob eine Hand unter den Kopf des Verletzten und hielt ihn ein wenig in die Höhe. Plötzlich schnappte der Priester wie eine Zange nach Giovannis rechter Hand, die dieser in die Luft gehalten hatte, weil er nicht wußte, wo er sie aufstützen sollte, und zog sie fest an sich, wodurch er Giovanni zwang, mit seinem Gesicht ganz dicht an seines zu kommen. Aber das mußte Don Carnazza wohl übermäßig angestrengt haben, denn erschöpft schloß er wieder die Augen. Giovanni dachte schon, er sei tot, doch die Umklammerung des Verletzten war noch immer fest. Der Priester öffnete wieder die Augen und machte noch einmal einen Versuch, etwas zu sagen.

»Mo... ro... mo... ro... cu... scinu... Fu... fu... moro... cuscinu...«

Cuscinu? Was hieß das? Vielleicht »cuscino«? Ein Kissen? »Wollen Sie ein Kissen?« fragte Giovanni ihn verzweifelt und völlig benommen.

»Fffff... aaaaa... nnnnnn... cu... lo«, sagte der Priester und ließ seine Hand los. Er schloß die Augen, neigte seinen Kopf zur Seite und starb.

Sollte er wirklich gesagt haben »Vaffanculo«? War es möglich, daß ein Priester, was für ein Gauner er auch immer gewesen sein mag, ihn im Augenblick des Todes wirklich zum Teufel schickte? Nein, unmöglich, wer weiß, was er hatte sagen wollen, er, Giovanni, hatte nur nicht verstanden.

»Padre! Padre!« rief er und schüttelte ihn.

Der andere antwortete nicht. Entweder hatte er keinen Atem mehr, um reden zu können, oder er wollte einfach nicht mehr mit jemandem sprechen, der sowieso nichts verstand. Oder war er tot?!

Voller Entsetzen fühlte er ihm den Puls. Er schlug nicht. Was tat er eigentlich noch da? Er stand auf, zog seinen Überwurfmantel aus, bedeckte den Körper des Priesters, lief zum Pferd, schwang sich darauf und jagte im Galopp nach Montelusa.

Am Abend zuvor hatte Advokat Gregorio Fasùlo seinen Teil zu dem beigetragen, wozu Don Cocò ihn angewiesen hatte. Er war persönlich in die Wohnung des Kanonikus gegangen, um Padre Carnazza mitzuteilen, daß Don Cocò, vor allem nach dem Schiedsentscheid, mit dem das Landstück Pircoco Don Memè weggenommen worden war, daß er, mit einem Wort gesagt, die Dinge zwischen ihm und seinem Cousin Memè ins Reine bringen wollte. Eine Übereinkunft sei nach Ansicht von Don Cocò möglich. Um Geschwätz und bösartiges Gerede im Ort zu vermeiden, habe Don Cocò eine Begegnung auf dem Land organisiert, im kleinen Häuschen von Ciccio Peralta, an der Straße nach Vigàta, um zehn Uhr am nächsten Morgen. Don Cocò persönlich würde die Zusammenkunft zwischen den beiden Cousins überwachen.

Der geistliche Herr hatte zwar sein Gesicht verzogen, aber schließlich doch akzeptiert. Er wußte nicht, daß Don Cocò überhaupt kein Versöhnungstreffen mit Don Memè organisiert hatte oder besser: Padre Carnazza würde zwar auf dem Weg zu Peraltas Landhäuschen seinen Cousin Memè treffen, der aber wollte gar nicht mit ihm sprechen, sondern ihn nur erschießen und Schluß. Don Cocò würde es als seine Aufgabe ansehen, Memè aus möglichen Schwierigkeiten herauszuhelfen, das hatte er ihm hoch und heilig versprochen.

Als Sciaverio Pipitone, der damit beauftragt war, die ganze Mordangelegenheit aus der Ferne zu verfolgen, in der Kanzlei von Advokat Fasùlo erschien, begriff dieser auf der Stelle, daß irgend etwas nicht ganz nach Plan verlaufen war.

»Was ist passiert?«

»Don Memè hat den Pfarrer getroffen, hat ihn hinter den Felsblock geschleppt und ihn erschossen.«

»Dann ist also doch alles gut verlaufen?«

»Ja und nein. Als Don Memè sich davongemacht hatte, bin ich nähergekommen, um zu sehen, ob der Pfarrer tot war oder nicht, und genau da tauchte der Mühleninspekteur auf, der, der Bovara heißt, und der ...«

»Herrjesseschrist! Das hatte uns gerade noch gefehlt! Und was hat dieses Arschloch gemacht?«

»Er dachte, man hätte auf ihn gezielt. Er hat einen Schuß in die Luft gefeuert. Aber man sah genau, daß der sich in die Hosen geschissen hat. Danach hat er sich dem Pfarrer genähert. Und Padre Carnazza muß ihm wohl was zugeflüstert haben.«

Advokat Fasùlo wurde blaß.

»Bist du dir da sicher? Die haben miteinander gesprochen?«

»So kam's mir vor.«

»Heilige Jungfrau! Möglich, daß er ihm den Namen genannt hat! Möglich, daß er ihm sagte, daß Don Memè ihn erschossen hat! Und Don Cocò hatte sich ihm gegenüber verbürgt, daß ihm nichts passieren würde! Wenn dieses Arschloch von Bovara Don Memè da hineinzieht, dann verliert Don Cocò sein Gesicht!«

»Wär' vielleicht besser gewesen, wenn ich ihn umgebracht hätte, als er neben dem Pfarrer kniete«, kommentierte Pipitone mit leiser Stimme.

»Nein, Sciavè, war schon richtig, daß du die Sache nicht noch komplizierter gemacht hast. Warte hier auf mich. Ich bin auf einen Sprung drüben bei Don Cocò und dann wieder zurück.«

Er erreichte die Polizeidienststelle, band den von dem schnellen Ritt erschöpften Stiddruzzu an einem Pfosten fest, schoß wie eine katapultierte Kanonenkugel hinein, und zwar so blitzartig, daß der Wachhabende ihn nicht aufhalten konnte, und stieß die Türe zum Büro des Polizeiamtsleiters auf.

»Darf man wissen, was für eine saumäßige Art und Weise das ist?« brüllte Spampinato und hob den Kopf von einem Blatt hoch, das er gerade las.

Weiter sagte er nichts, aber er blickte in Bovaras langes Gesicht, Jacke und Hemd voller Blut, die Hosen steif vom Schlamm.

»Ein Mord ist passiert«, sagte Giovanni, und seine Brust hob und senkte sich.

Der andere sagte weder heh noch geh, sondern fing wieder an zu lesen.

»Haben Sie mich verstanden oder nicht? Ein Mord ...«

»Ich habe Sie verstanden, wertester Signor Mühleninspekteur. Entschuldigen Sie, wenn ich mir Zeit lasse. Wissen Sie, wie viele nette Morde es seit Anfang des Jahres allein in dieser Provinz gegeben hat? Achtunddreißig. Und mit dem, was Sie mir da sagen, sind es neununddreißig. Also, dann erzählen Sie mal, was das nun wieder für eine Geschichte ist.«

»Heute morgen war ich auf dem Weg nach Hause, um mich dort umzuziehen, nachdem ich eine Mühle inspiziert hatte ... Gleich hinter der Abzweigung nach Vigàta ...«

»Erklären Sie mir das später. Haben Sie die Tat beobachtet?«

»Beobachtet nicht direkt. Ich habe einen Schuß gehört, ganz in der Nähe, so daß ich schon dachte, er hätte mir gegolten.«

»Ach. Sie denken also, daß jemand eines Tages auf Sie schießen könnte?«

Giovanni wurde verwirrt, öffnete den Mund und schloß ihn wieder.

»Sie wollen mich bitte entschuldigen, Signor Bovara. Fahren Sie fort.«

»Ich bin zu einem Felsblock gelaufen, von wo der Schuß abgefeuert wurde, wie ich meinte. Und dort habe ich einen Sterbenden gefunden. Vorher aber habe ich noch gehört, wie der Mörder davonritt.«

»Haben Sie sein Gesicht erkannt?«

»Nein, ich habe gesagt, daß ich ihn nur gehört habe ...«

»Wieso sagen Sie, daß er der Mörder war?«

»Na, weil er von der Stelle wegeilte, wo ... Und außerdem war niemand sonst da.«

»O nein, Wertester. Da waren auch Sie. Und Sie sind nicht weggeeilt. Weiter, was haben Sie danach gemacht?«

»Ich habe versucht, ihm zu helfen, hab' versucht, die Wunde mit einem Taschentuch zu verschließen ... Dann hab' ich gesehen, daß alles nutzlos war, und bin gekommen, um die Tat anzuzeigen.«

»Wieso sind Sie nicht zu Ihren Freunden, den Carabinieri, gegangen?«

»Weil Ihre Polizeidienststelle näher lag. Und zudem haben die Carabinieri ...«

»Wäre es nicht besser gewesen, den Verwundeten auf Ihr Pferd zu legen und einen Arzt aufzusuchen?«

»Ich dachte mir, das würde er nicht überleben.«

»Selbstverständlich kennen Sie den Erschossenen nicht.«

»Natürlich kenne ich ihn! Es ist Padre Carnazza.«

Der Gesichtsausdruck des Polizeiamtsleiters veränderte sich schlagartig. Jetzt sah er aus wie ein Spürhund, der die Beute aufstöberte.

»Konnte der Pfarrer noch etwas sagen?«

»Ja. Zuerst hat er so etwas gesagt wie ›sparato‹, was ich als ›geschossen‹ gedeutet habe. Aber, sehen Sie, es war außerordentlich schwierig, ihn zu verstehen, er war ja unterhalb der Kehle getroffen worden. Dann hat er einen Namen genannt. Zuerst hatte ich nicht verstanden, dann, als ich hierher eilte, ist mir alles klargeworden.«

»Erklären Sie das genauer«, sagte Spampinato, und zwar so angespannt, daß er halb von seinem Stuhl aufgestanden war.

»Also, das erste, was er zu mir sagte, war ›spalato‹ oder auch ›sparato‹.«

»Das haben Sie bereits gesagt.«

»Dann erfaßte er meine Hand und sagte: ›Moro, fu moro cuscinu.‹ Ich konnte darin keinen Sinn erkennen. Ich fragte ihn noch mal und er ...«

Giovanni unterbrach sich.

»So reden Sie doch weiter, Herr noch mal!«

»Und er sagte zu mir, ich solle mich zum Teufel scheren, vielleicht war er völlig verzweifelt, weil ich nichts von dem begriffen hatte, was er sagen wollte.«

»Sind Sie sicher?« fragte der Polizeiamtsleiter und verdrehte die Augen.

»Na ja, völlig sicher nicht. Aber es klang irgendwie wie ›vaffanculo‹. Jedenfalls, auf dem Weg hierher, als ich darüber nachdachte, was man mir über das gespannte Verhältnis zwischen dem Pfarrer und seinem Vetter Moro erzählt hatte, habe ich begriffen, daß er mir sagen wollte, daß sein Cousin Moro ihn umgebracht hat.«

»Wo hat sich die Tat ereignet?« fragte Spampinato, ohne sich seine Besorgnis anmerken zu lassen. »Versuchen Sie, möglichst klar zu sein.«

Giovanni erklärte es ihm. Dann fügte er hinzu:

»Kann ich nach Hause gehen und mich umziehen?«

Spampinato gab ihm keine Antwort.

»Mellùso!« rief er laut.

Ein Polizist trat ein.

»Halte dich zur Verfügung von Signor Bovara. Kauf ihm, was er will. Aber unter gar keinen Umständen darf er von hier weg.«

Während der Polizeiamtsleiter zum Kleiderständer hinüberging, wo der Überwurfmantel und die Mütze hingen, trat sein Bruder Gnazio völlig verstört ein.

»Padre Carnazza ...«

Bei dem strengen Blick, den ihm der Polizeiamtsleiter zuwarf, erstarrte er. Gemeinsam gingen sie hinaus. Auf der Straße sagte Gnazio seinem Bruder, im Ort würde das Gerücht umlaufen, daß der Pfarrer erschossen worden sei. Ohne ein weiteres Wort zu verlieren, waren sich beide einig, daß man über diese Angelegenheit zuallererst Advokat Fasùlo in Kenntnis setzen müsse, der dann dem Zuständigen berichten würde.

»Ach, ja? Sie haben aber lange gebraucht«, war die Reaktion von Advokat Fasùlo, als Spampinato ihm die Nachricht über die Erschießung des Pfarrers brachte. Jetzt war der Advokat ruhig, eine halbe Stunde mit Don Cocò, der ein wahrer Gott auf Erden war, hatte alles geregelt. Für den Augenblick mußte er nichts weiter tun, als die Dinge den Verlauf nehmen zu lassen, den sie nehmen sollten, allenfalls hier und da ein bißchen lenkend eingreifen.

Und so wußte er auch, wie zu reagieren war, wenn der Polizeiamtsleiter ihm berichten würde, daß Padre Carnazza, im Augenblick des Todes, versucht habe, Bovara zu sagen, daß der Schuß von seinem Cousin Don Memè Moro abgefeuert worden war.

»Nein, so nicht! Dieser Signor Bovara, seines Zeichens Hauptinspekteur der Mühlen, saugt sich die Geschichte doch aus den Fingern! Er neigt zu Hirngespinsten! Erinnern Sie sich, Signor Polizeiamtsleiter, wie er die Geschichte mit der Geistermühle hervorgekramt und versucht hat, unseren höchst ehrenwerten Don Cocò Afflitto mit Dreck zu bewerfen? Mit dieser Sache, Signor Polizeiamtsleiter, hat Don Memè Moro nichts zu schaffen. Das kann ich zuverlässig bestätigen! Ich habe erfahren, daß er heute morgen mit vierzig Grad Fieber im Bett gelegen hat. Das hat mir vor nicht einmal einer Stunde Dottor Landolina gesagt, der ihn auf dem Land besucht hat. Wollen wir etwa das Wort eines so angesehenen Mannes wie Dottor Landolina in Zweifel ziehen? Als der Pfarrer umgebracht worden ist, konnte Don Memè gar nicht aus dem Bett aufstehen, nicht einmal zum Pinkeln. Ist das klar?«

»Absolut klar«, sagte der Polizeiamtsleiter. »Und was soll ich jetzt weiter tun?«

»Das fragen Sie mich? Ihre Pflicht sollen Sie tun! Sie fahren mit einer Kutsche zu der angegebenen Stelle, laden den armen Pfarrer auf, tot oder lebendig, ganz gleich, und bringen ihn ins Hospital.«

Vor Müdigkeit war er halbtot, er hatte keinen Appetit, obwohl Mittag schon längst vorüber war, er hatte Brot, Käse und ein Glas Wein verweigert, das der Polizist Mellùso ihm gebracht hatte. Doch im Kopf fühlte er sich völlig klar.

Gegen eins kam Spampinato zurück, mit finsterem Gesicht, und bei ihm war jemand, den Giovanni nicht kannte.

»Das hier ist La Mantìa, mein Stellvertreter«, stellte Spampinato ihn vor.

Giovanni war alarmiert. Sicher war der hier derselbe La Mantìa, der mit Advokat Fasùlo in Bendicòs Büro gekommen war und es durchsucht hatte, in der Hoffnung, die topographische Karte der Mühlen zu finden.

Spampinato setzte sich hinter den Schreibtisch, La Mantìa nahm einen Stuhl und setzte sich neben Giovanni. Alle tiefernst.

»Haben Sie Padre Carnazza gefunden? Hat er noch gelebt?« fragte Giovanni.

Die beiden Polizisten wechselten einen schnellen Blick.

»Darüber reden wir nachher«, sagte der Polizeiamtsleiter.

»Mein Vorgesetzter«, begann La Mantìa, »hat mir alles erzählt, was Sie ihm heute morgen erzählt haben. Eine Sache möchte ich geklärt haben.«

»Zu Ihrer Verfügung.«

»Euer Ehren besitzen einen Revolver, denn Sie haben ja in die Luft geschossen.«

»Ja«, antwortete Giovanni und fuhr mit einer Hand in die Tasche. Sie war leer.

»Nein«, verbesserte er sich und wurde rot.

»Haben Sie nun einen oder haben Sie keinen?«

»Nun ja, also«, sagte Giovanni unbeholfen. »Ich hatte ihn und habe in die Luft geschossen. Aber jetzt ist er nicht mehr in meiner Tasche.«

»Und wieso?«

»Tja. Die einzig mögliche Erklärung ist die: als ich mich hingekniet habe, um dem Verwundeten zu helfen, muß ich ihn wohl auf die Erde gelegt und nachher nicht mehr an mich genommen haben. Haben Sie ihn gefunden?«

»Machen wir weiter«, sagte Spampinato, so, als hätte er Giovannis Frage gar nicht gehört. »Sie haben heute morgen erklärt, daß der Pfarrer mit Ihnen gesprochen und Ihnen gesagt hat, sein Cousin Moro habe auf ihn geschossen. Richtig?«

»Sehen Sie, Signor Polizeiamtsleiter, das, was er mir versucht hat zu sagen, war nicht so klar.«

»Was ist das jetzt, ein Rückzieher?« sagte La Mantìa.

»Ich ziehe nichts zurück! Ich stehe zu allem! Aber, sehen Sie, er sagte auch andere Worte, die ich nicht verstanden habe ... Dann, als er meine Hand festhielt, artikulierte er unter Schwierigkeiten: ›Moro ... moro ... fu moro ... cuscino‹. Das habe ich deutlich gehört.«

»Signor Bovara, verstehen Sie einigermaßen unseren Dialekt?« fragte Spampinato.

»Einigermaßen, ja, ich wurde in Vigàta geboren, aber ...«

»Das wissen wir. Kann mir Euer Ehren sagen, was bei uns hier das Wort ›moro‹ bedeutet?«

»Jemand, der eine dunkle Hautfarbe hat.«

»Nur das?«

»Nein, auch ein richtiger Dunkelhäutiger, ein Araber.«

»Sonst nichts?«

»Na ja, es bedeutet auch ›ich sterbe‹.«

»Sehen Sie jetzt, wieviel nötig ist, bevor ›moro‹ zu einem Familiennamen wird?« fragte La Mantìa. »Euer Ehren sagen, daß der Pfarrer nur noch ganz wenig in der Lage war zu sprechen, und so haben Sie das Wort ›cuscinu‹ mit dem Wort ›cusscinu‹ verwechselt.«

»Das ist doch dasselbe!« brauste Giovanni auf.

»Nein, mein Herr«, erwiderte der Polizeiamtsleiter. »Das ist nicht dasselbe. Wenn ich das Wort ›cuscinu‹ im Sinn von Kissen ausspreche, dann gebrauche ich dafür zwei s, wie in ›cusscinu‹. Wenn ich aber Cousin sagen will, dann gebrauche ich nur eins: ›cuscinu‹ eben. Hab' ich mich deutlich ausgedrückt?«

Giovanni hatte das Gefühl, daß sein Kopf zu rauchen begann.

»Ich möchte gerne noch etwas wissen«, fing La Mantìa wieder an, »hat der Pfarrer Ihnen ›fu Moro‹ in einem Atemzug gesagt?«

»Ich verstehe die Frage nicht«, sagte Giovanni benommen.

»Euer Ehren sind doch ein gebildeter, intelligenter Mensch«, schickte La Mantìa voraus, »also wissen Sie auch, wie man die Dinge richtig ausspricht. Eines ist es, wenn ich ›fu Moro‹ in einem Atemzug sage, und etwas ganz anderes ist es, wenn ich sage ›fu ... moro‹. Das sind zwei völlig verschiedene Dinge.«

»Die Bedeutung ändert sich nicht!«

»Das sagen Euer Ehren. Aber Sie machen wohl Witze? Und wie die Bedeutung sich ändert! Wenn ich zwischen ›fu‹ und ›moro‹ eine Pause mache, kann das bedeuten, daß ich gerade dabei war, den Namen dessen zu nennen, der auf mich geschossen hat, aber dann tritt wieder ein Schmerz auf, der mich dazu bringt zu sagen, daß ich sterbe, und nicht den Namen des Mörders. Und dann ist dieses ›moro‹ ein Verb, kein Familienname. Und daher frage ich Sie: gab es diese Pause oder gab es sie nicht?«

»Sie bringen mich zum Wahnsinn mit Ihren Spitzfindigkeiten!« lehnte Giovanni sich auf.

»Nein, werter Signore! Euer Ehren sind der einzige Zeuge. Von wegen Spitzfindigkeiten! Wir haben die Pflicht zu verstehen, bis zu welchem Punkte Sie die Wahrheit sagen oder ob Sie uns eine Wahrheit vortäuschen wollen, die Ihnen in den Kram paßt!«

»Eine Wahrheit, die mir in den Kram paßt? Sind Sie verrückt geworden?«

»Euer Ehren sprechen ziemlich viel vom Wahnsinn, vom Verrücktwerden«, bemerkte La Mantìa ganz ruhig. »Und solche Worte sollten Euer Ehren nicht gebrauchen.«

»Aber welches Interesse sollte ich haben, Moro, den Cousin des Pfarrers, zu beschuldigen?«

»Ihr Interesse dabei kennen wir noch nicht«, sagte Spampinato. »Aber ich will Ihnen eines sagen: Hämmern Sie sich in Ihren Schädel ein, daß Don Memè Moro nichts, aber auch gar nichts mit dieser Sache zu tun hat.«

»Sind Sie sich da so sicher?«

»Dafür leg' ich meine Hand ins Feuer. Und dafür gibt es auch einen sehr beachtlichen Zeugen. Und jetzt, höchstwerter Signor Mühleninspekteur, was sagen Sie jetzt?«

»Daß ich ein Glas Wasser haben möchte«, sagte Giovanni, dessen Kehle brannte.

»Alles klar?« fragte Advokat Fasùlo Sciaverio. »Gab es Schwierigkeiten?«

»Nein, keine. Alles in Ordnung.«

»Sciavè, jetzt mußt du noch eine letzte Kleinigkeit erledigen, und dann kann sich der Signor Mühleninspekteur Bovara in den Arsch ficken lassen, und zwar *in saecula saeculorum.*«

»Amen«, antwortete Sciaverio.

»Du weißt doch, wo Donna Trisìna Cìcero wohnt?«

»Aber sicher weiß ich das! Als Euer Ehren, mit Verlaub gesagt, sie vögelten, da hab' ich doch ...«

»Eine alte Geschichte, Sciavè. Die mußt du vergessen.«

»Schon vergessen.«

»Also, du weißt, wo Trisìna wohnt?«

»Sicher doch. Sie hat drei Häuser, eins auf dem Land, eins hier im Ort und dann noch das in Vigàta, wo ...«

»Ich weiß, daß Trisìna jetzt in ihrem Haus hier in Montelusa ist.«

»Besser so. Wenn ich hingehen muß, spar' ich Weg.«

»Du mußt hingehen und mit ihr sprechen.«

»Und was soll ich sagen?«

Advokat Fasùlo erklärte ihm in allen Einzelheiten, was er ihr sagen sollte.

»Und wenn sie nein sagt?«

»Dann erklärst du ihr, daß du leider keinen anderen Weg siehst, als ihr den Hals umzudrehen wie einem Huhn, und zwar gleich und auf der Stelle.«

Sciaverio stand auf. Auf seinem Gesicht stand ein breites Lächeln.

»Hand auf den Schwanz! Was für ein feines Köpfchen Don Cocò doch ist!«

Mellùso, der Polizist, brachte einen Krug mit frischem Wasser, und Giovanni trank ihn in einem Zug halb leer.

»Geht es Ihnen besser? Können wir weitermachen?« fragte der Leiter der Polizeidienststelle.

Giovanni nickte, er hatte zuviel Wasser getrunken, jetzt schnappte er nach Luft.

»Ich will lediglich wissen, warum sich Euer Ehren unbedingt so amüsieren wollen.«

»Ich amüsiere mich? Und wie das?«

»Indem Sie Blödsinn erzählen«, erklärte La Mantìa.

»Indem Sie sich Dinge einfach so aus den Fingern saugen«, fügte Spampinato erläuternd hinzu.

»Ich? Und was habe ich mir aus den Fingern gesogen?«

»Zum Beispiel die Geschichte mit der Mühle, die es gar nicht gab«, sagte Spampinato.

»Zum Beispiel, daß Don Memè auf den Pfarrer geschossen hat«, sagte La Mantìa.

»Zum Beispiel, daß Padre Carnazzo erschossen wurde«, sagte der Polizeiamtsleiter.

Giovanni sprang vom Stuhl auf, er meinte zu ersticken.

»Zumindest«, erklärte La Mantìa, »haben wir an der Stelle, die Sie uns genannt haben, keinen Padre Carnazza gefunden, weder lebendig noch tot. Und dabei haben wir die ganze Umgebung Zentimeter für Zentimeter abgesucht. Soll ich Ihnen was sagen? Euer Ehren haben die Schießerei frei erfunden.«

Der Raum begann sich um Giovanni zu drehen. Er stand auf, doch seine butterweichen Knie stützten ihn nicht, und er sank ohnmächtig zu Boden.

Immer noch Mittwoch, 3. Oktober 1877

»Signor Advokat, Sie müssen mir glauben«, sagte Spampinato. »Ich und La Mantìa haben jeden Zentimeter hinter dem Felsblock abgesucht, den Bovara uns beschrieben hat. Und wir haben auch die ganze Umgebung unter die Lupe genommen. Nichts. Nicht nur, daß die Leiche von Padre Carnazza nicht da war, es war auch nicht einmal der kleinste Blutspritzer zu sehen.«

»Und Bovara? Was hat der gesagt, als Sie ihm erzählten, daß der Tote nicht da war?«

»Nichts hat er gesagt. Er wurde ohnmächtig und fiel der Länge nach auf den Boden.«

»Was habt ihr gemacht?«

»Den Arzt gerufen. Der hat ihm ein Schlafmittel gegeben. Er meint, daß Bovara mindestens vier Stunden schlafen wird. Und wenn er wieder aufwacht, was sollen wir dann tun?«

»Wenn er wieder aufwacht, bringt ihr ihn nach Hause. Seine Vergehen taugen nicht fürs Gefängnis. Zumindest solange er nicht verurteilt wird. Er schleppt auf seinen Schultern schon ein ziemliches Bündel. Störung der öffentlichen Ordnung, Verbreitung unwahrer und tendenziöser Gerüchte, Diffamierung ... Aber dann lege ich mir als Christ die Hand aufs Herz und frage mich: ist das wirklich ein Vergehen? Oder aber handelt es sich um einen armen Irren, der Sachen sagt, ohne selbst genau zu wissen, was er da eigentlich sagt?«

»In Ordnung, hab' verstanden: für den Augenblick können wir nichts weiter tun.«

»O nein, Teuerster, Sie können durchaus was tun. Ja, es ist sogar Ihre Pflicht, was zu tun.«

»Erklären Sie sich genauer, Signor Advokat.«

»Sie müssen einen Bericht über die Tat abfassen, und zwar in vierfacher Ausfertigung. Unverzüglich, auf der Stelle. Sie müssen die Sache so erzählen, wie sie ist, kein Wort mehr, kein Wort weniger. Die erste Abschrift schikken Sie per Hand an Ihren Vorgesetzten, den Signor Polizeipräsidenten. Die anderen drei schicken Sie zur gefälligen Kenntnisnahme an den Signor Präfekten, an den Kommandanten der Carabinieri und an den Staatsanwalt des Königs. Sollte nämlich jemand von denen irgend etwas auf Grund der Anzeigen von diesem Irren in die Wege geleitet haben, blockiert er die Sache noch rechtzeitig, um nicht als Trottel dazustehen. Na, ist das eine Überlegung?«

»Schon. Aber, Signor Advokat, tun Sie mir einen Gefallen?«

»Wenn ich kann ...«

»Schreiben Euer Ehren mir den Bericht? Ich würde einen ganzen Tag dafür brauchen.«

»In Ordnung. Unter einer Voraussetzung allerdings: allesamt müssen sie ihn in spätestens zwei Stunden erhalten.«

Die Falle, die sich Don Cocò ausgedacht hatte, funktionierte fabelhaft. Advokat Fasùlo tunkte lächelnd die Feder ins Tintenfaß.

Während Spampinato zusah, wie der Advokat schrieb und ihm hin und wieder, der Genauigkeit halber, eine Frage stellte, machte sich in seinem Kopf ein Gedanke breit, den er laut aussprach.

»Und was, wenn er gar nicht tot wäre?«

Die Feder von Advokat Fasùlo verharrte halb in der Luft. Er wußte genau, daß der Pfarrer in ein schlimmeres Leben eingegangen war, und kannte auch den Ort, an dem sich die Leiche in diesem Augenblick befand, aber er mußte so tun, als wisse er von nichts, und das Spiel weiterspielen.

»Was heißt das, nicht tot wäre?«

»Signor Advokat, hören Sie. Wir wissen von der ganzen Sache doch nur, was Bovara uns erzählt hat. Folgen Sie mir?«

»Ich folge Ihnen.«

»Aber da es sich bei ihm um einen Irren handelt, könnte es ja auch sein, daß Padre Carnazza überhaupt nie erschossen wurde und sich in just diesem Augenblicke in der Kirche befindet und das Avemaria spricht. Nach einiger Zeit ist er aufgestanden und weggegangen, um sich die Wunde versorgen zu lassen. In diesem zweiten Fall wäre Bovara allerdings nicht so irre. Und ich kann dann nicht mit diesem Bericht herumlaufen und sagen, Bovara hat völlig den Verstand verloren und redet wirres Zeug.«

»Ihr Gedankengang ist schlüssig«, sagte Fasùlo und tat so, als würde er dem zustimmen. »Warum also schauen Sie nicht auf einen Sprung in die Kirche, während ich den Bericht zu Ende schreibe, und sehen nach, ob der Pfarrer zurückgekommen ist? Sie können auch einen Ihrer Männer zu allen Ärzten von Montelusa und ins Hospital schicken und fragen lassen, ob sie Padre Carnazza gesehen hätten. Wenn er sich in der Kirche nicht gezeigt hat und wenn niemand nichts weiß, dann schicken wir den Bericht ab.«

Die Kirche war voller Menschen, wie am Fest des Heiligen Girlando. Am Hochaltar aber stand, anstelle des Pfarrers, eine Frau. Die sang, und die Gläubigen lauschten ihr.

Nicht nur hatte der gesamte Ort erfahren, daß der Pfarrer erschossen worden war, alle wußten auch, daß man den Körper nicht gefunden hatte. Aus dieser letzten Mitteilung hatte Signora Ersilia Cuccurullo eine klare Vorstellung entwickelt, nämlich daß Padre Carnazza, gleich dem Herrn Jesus, auferstanden war und aus diesem Grunde nicht gefunden werden konnte. Zweifelsohne würde er seinen Gläubigen wiedererscheinen. Daher hieß die Hymne, die sie in diesem Augenblick sang, auch »Resurrecckesitz«.

Der Polizeiamtsleiter brauchte gar nicht erst zu fragen, ob der Pfarrer in die Kirche zurückgekommen sei. Er ging zur Polizeidienststelle zurück. Bovara schlief noch immer auf dem Sofa des Büros. Spampinato rief vier seiner Männer zusammen und schickte sie fort, um Informationen von den Ärzten und aus dem Hospital einzuholen. Nach einer viertel Stunde kamen sie zurück. Niemand hatte Padre Carnazza gesehen. Er nahm die vier Männer mit und ließ sie auf der Straße warten, vor der Türe zur Kanzlei von Advokat Fasùlo. Er ging alleine nach oben.

»Wir können die Berichte zustellen. Meine Männer stehen unten und warten. Keiner weiß nichts von diesem Pfarrer.«

Er hielt die Augen geschlossen, schlief aber nicht. Das, was ihm der Arzt zu trinken gegeben hatte, hatte keinerlei Wirkung. Er bezweifelte, daß es eine Medizin geben könnte, die die Macht hätte, ihn in erquickenden Schlaf fallen zu lassen. Hin und wieder wurde sein Körper von langen, heftigen Schauern durchschüttelt. Er mußte wohl Fieber haben. Ein Gedanke bohrte hartnäckig in seinem Hirn: die Erinnerung an Barba Pitrinu, einen Bruder seiner Mutter. Eigentlich war es keine richtige Erinnerung, denn diesen Barba hatte er nie kennengelernt, doch in der Familie sprach man gelegentlich von ihm, darüber, wie er in Palermo splitternackt, mit aufgespanntem Schirm aus dem Zug gestiegen war ...

Oder darüber, wie er, während in der Kirche zu Weihnachten »Die Geburt unseres Herrn« aufgeführt wurde, zwischen die Schauspieler gesprungen war, der Darstellerin der Maria die Hände gedrückt, sie beglückwünscht und gefragt hatte, ob das Neugeborene denn nun ein Junge oder ein Mädchen sei ... Barba Pitrinu war im Irrenhaus gestorben, als er, Giovanni, schon zwölf

war. Sollte Irrsinn wirklich vererbbar sein?
Nachdem er Spampinatos Bericht gelesen hatte, betrachtete es der Polizeipräsident als seine Pflicht, eiligst S. E. den Signor Präfekten aufzusuchen.

»Exzellenz, ich habe gerade den Bericht des Polizeiamtsleiters Spampinato über den Hauptinspekteur der Mühlen, Bovara Giovanni, erhalten, der ...«

»Auch ich hab' ihn erhalten und gelesen«, sagte Seine Exzellenz. »Haben Sie irgendeine Vorstellung bezüglich dieser Vorgänge?«

»Ich möchte mir erlauben, Ihnen, in der Erwartung, wie sich die Dinge entwickeln, vorzuschlagen, den Bovara einstweilen vom Dienste zu suspendieren.«

Seine Exzellenz ließ den Kabinettschef rufen.

»Sagen Sie, Curtopassi, ist der Finanzpräsident wieder in seinem Büro?«

»Nein, Exzellenz, er ist noch immer in Palermo, im Hospital, krank.«

»Wer vertritt ihn?«

»Das wäre Dottor Barreca, der bis auf weiteres der Stellvertreter des künftigen Stellvertreters ist.«

»Nun gut. Ich schreibe jetzt zwei Zeilen an Barreca. Ist das nicht ein großer Blonder, mit Oberlippenbart?«

»Nein, Signor Exzellenz, ein kurzer Dicker, mit schwarzen Haaren.«

»Einerlei. Sorgen Sie dafür, daß er es unverzüglich bekommt. Bovara ist geistig nicht mehr ganz klar, er kann Störungen im Amt und außerhalb des Amtes verursachen. Er muß, in Erwartung seiner Einlieferung, unverzüglich von seinen Amtspflichten und von seinem Gehalte suspendiert werden.«

Vor dem Justizpalais traf der Staatsanwalt des Königs Rebaudengo den Präsidenten des Gerichts, den Großofficier De Magistris. Sie gaben sich die Hand. Der Präsident schien in Eile.

»Entschuldigen Sie, wenn ich mich nicht länger mit Ihnen unterhalten kann, aber ich muß nach Hause und mich umziehen. Sie kommen nicht zum Empfang der Marchesa Papìa? Wie ich höre, wird uns Monsieur Ducrot heute abend unterhalten, ein Magier und Zauberkünstler, von dem alle behaupten, er sei phänomenal.«

»Nein, ich komme nicht. Meine Frau fühlt sich nicht wohl. Und außerdem mag ich Zaubertricks nicht besonders«, sagte Rebaudengo, der gerade den Bericht des Polizeiamtsleiters zu Ende gelesen hatte.

Trotz allem mußte er irgendwann eingenickt sein, denn er wachte auf, als eine Hand ihn rüttelte.

»Bovara!«

»Jah?!«

»Ich bin's, Spampinato. Wachen Sie auf. Wir bringen Sie nach Hause.«

Diese Mitteilung erfreute ihn. Er nahm hastig die Beine vom Sofa, konnte sich aber nicht aufrecht halten. Er wankte, und La Mantìa hielt ihn aufrecht, indem er ihn am Arm faßte. Draußen vor der Polizeidienststelle sah Bovara Stiddruzzu nicht, sein Pferd.

»Machen Sie sich keine Sorge um das Tier«, sagte La Mantìa, der den Grund für Giovannis Besorgnis verstanden hatte, »wir haben es in unseren Stall gebracht. Denn Euer Ehren sind nicht in der Lage zu reiten.«

»Wie soll ich denn ohne Pferd zurechtkommen?«

»Heute nacht ruhen Sie sich aus. Morgen früh werden wir Sie abholen lassen, Sie kommen zur Polizeidienststelle zurück, und dann geben wir Ihnen Ihr Pferd wieder.«

»Aber wozu muß ich denn noch einmal in die Polizeidienststelle zurückkommen?«

»Weil noch viele Dinge ungeklärt sind«, schnitt Spampinato das Gespräch ab.

Er blieb ein Scherge, und deshalb räsonierte er auch ganz wie ein Scherge, obwohl er korrupt war und schmutzig, innerlich wie äußerlich. Die Möglichkeiten waren zwei, da gab es keinen Zweifel: Wenn Bovara ein Irrer war, der den Mord einfach nur erfunden hatte, wieso war der Pfarrer dann verschwunden? Wenn der Mord aber stattgefunden hat, wieso sollte Bovara dann einen Tatort angeben, der in Wirklichkeit ein anderer war?

Sie bestiegen die Kutsche. Giovanni brauchte Hilfe, um den Fuß auf das etwas hohe Trittbrett zu bekommen. La Mantìa setzte sich neben Giovanni, Spampinato ihm gegenüber. Nach einer Weile fragte Giovanni: »Habt ihr Padre Carnazza gefunden?«

»Nein«, antwortete Spampinato kurz.

Das waren die einzigen Worte, die sie auf der ganzen Fahrt miteinander wechselten.

Sieben Stunden im rasenden Lauf, ohne auch nur einmal anzuhalten, nicht einmal, um zu pinkeln: Michilinu hatte das Pferd so angetrieben, daß es am Ende seiner Kräfte war und Schaum vor dem Maul hatte. Donna Trisìna war in der Kutsche so kräftig durchgeschüttelt worden, daß sie meinte, ihre Wirbelsäule sei gebrochen. Ihr Steißknochen tat weh. Nach Valledolmo war Michilinu auf den Weg nach Liminùsa abgebogen, dem Ortsteil innerhalb der Latifundie Roccella, deren Landaufseher Pino war, der Mann ihrer Schwester Agata. Michilinu, der seine Herrin schon einmal an diesen Ort begleitet hatte, stieg ab und klopfte an die Tür, dieweil Donna Trisìna Mühe hatte, sich wieder an den Gebrauch ihrer Beine zu gewöhnen. Die Türe wurde geöffnet und Pino erschien mit einer Leuchte in der Hand. Er redete kurz mit Michilinu, dann rief er:

»Agata, deine Schwester Trisìna ist da.«

Und er lief herbei, um der Schwägerin beim Aussteigen behilflich zu sein, die immer schon sein Blut in Wallung gebracht hatte. Nur hatte sich bis zu diesem Augenblick die günstige Gelegenheit nicht ergeben.

»Was für eine schöne Überraschung!«

»Ach, Pinuzzo mio! Ich bin tot! Vor lauter Angst, vor lauter Müdigkeit!«

»Aber warum denn Angst, Trisìna? Hier ist doch dein Schwestermann Pinuzzo, der beschützt dich!«

Und er umarmte sie. Trisìna ließ sich umarmen. Pinuzzo drückte sie ein bißchen fester als nötig. Trisìna ließ sich ein bißchen fester drücken als nötig. Der Schwager küßte sie keusch auf die Stirn. Trisìna legte ihren Kopf an seine Brust.

Und in diesem Augenblick erschien Agata in der Türe, mit einem Überwurfmantel ihres Gatten über der Schulter und einer Leuchte in der Hand.

»Trisìna! Freude meines Herzens! Was ist geschehen?«

Pino löste sich aus der Umarmung. Die nächste Gelegenheit würde sich ergeben.

Attilio Lagùmina, offiziell der Eigentümer der Mühle »San Benedetto«, war gerade dabei, das Tor abzuschließen und nach Hause zu gehen, um sich hinzulegen, weil er jeden Morgen um vier aufstand, um wieder an die Arbeit zu gehen, als er hörte, daß sich ein Pferd im Galopp näherte.

»Lagùmina!«

»Feierabend! Kommt morgen früh wieder!«

Er konnte schließlich nicht jedem zu Diensten stehen, der außerhalb der Arbeitszeit auch noch mit einem halben Sack Kichererbsen ankam.

»Für mich ist Eure Mühle immer geöffnet!«

Er erkannte die arrogante Stimme Sciaverio Pipitones, der hin und wieder bei ihm auftauchte, um ihm Anweisungen zu überbringen.

»In dieser Dunkelheit hab' ich dich nicht erkannt, Sciavè.«

Pipitone stieg vom Pferd und kam näher.

»Was machst du gerade?«

»Siehst du's nicht? Ich schließ' ab.«

»Schließ wieder auf.«

Ohne nach dem Grund zu fragen, gehorchte Lagùmina. Sie gingen in die Mühle.

»Mach Licht und schließ die Tür.«

Attilio tat, wie ihm geheißen, machte den Mund aber immer noch nicht auf.

»Willst du ein Glas Wein?«

»Nein. Ist der Inspekteur heut' morgen gekommen?«

»Ja.«

»Hat er alles in bester Ordnung vorgefunden, wie ich's dir gesagt hatte?«

»Sicher.«

»Heute morgen ist er nicht hier gewesen.«

»Wie? Was?«

»Taub geworden? Heute morgen hast du ihn nicht gesehen.«

»Wen hab ich nicht gesehen, herrje noch mal?«

»Bovara, diesen Inspekteur. Er ist nicht in die Mühle gekommen.«

»Ach, ja? Und wo ist er dann gewesen?«

»Das ist mir scheißegal! Wichtig ist nur, daß er nicht hier war. Gab's heute morgen einen, der ihn gesehen hat?«

»Personen zum Mahlen waren nicht da ... 'Ntonio Pirrera und Mimì Catalano haben ihn gesehn, die arbeiten hier.«

»Zuverlässige Leute?«

»Absolut zuverlässig.«

»Und wo sind sie jetzt?«

»Nach Hause gegangen, morgen früh um vier müssen sie wieder hier sein.«

»Na gut. Sobald wir hier fertig sind, gehst du zu ihnen, sprichst mit ihnen und sagst, daß auch sie heute morgen den Inspekteur nicht gesehen haben.«

»In Ordnung.«

»Können wir den beiden vertrauen?«

»Wie mir selber.«

»Und dir, können wir dir vertrauen?«

Attiglio Lagùmina erstarrte. Mit Sciaverio war nicht zu spaßen.

»Willst du mir jetzt auf den Eiern rumtrampeln oder was?«

»Na, dann ist ja alles in Ordnung. Ich reite nach Montelusa zurück. Gute Nacht.«

»Warte noch«, sagte Lagùmina.

»Was ist denn?«

»Das Mühlenjournal.«

»Was für ein Mühlenjournal?«

»Darin werden doch auch die Inspektionen verzeichnet. Das Datum von heute steht da drin und die Unterschrift des Inspekteurs.«

»Laß es verschwinden.«

»Kann ich nicht. Wenn ich so was tue, wandere ich ins Gefängnis.«

»Dann verbrenn es.«

»Das ist doch dasselbe!«

»Nein, das Journal verbrennt von alleine. Klar?«

»Und wie soll das gehen, daß es von alleine verbrennt?«

»Das geht so. Wenn du morgen früh kommst und aufschließt, machst du doch die Lampe an, oder?«

»Ja. Und dann?«

»Und dann fällt dir die Lampe aus der Hand. Und das Journal, das unglücklicherweise genau an der Stelle liegt, wo die Lampe hinfällt, verbrennt. Vielleicht verbrennen ja nur zwei, drei Seiten, aber eine davon muß die von heute morgen sein. Verstanden?«

»Ja. Aber gesetzt den Fall, das wird ein richtiges Feuer und alles verbrennt?«

»Du mußt deinen Gehilfen sagen, sie sollen hier fünf Minuten später eintreffen. Dann helfen sie dir, das Feuer zu löschen. Danach mußt du allerdings zu den Carabinieri von Cianciàna laufen und den Brand anzeigen. Ich leg's dir sehr ans Herz. Kann ich berichten, daß du deine Pflicht tust?«

»Immer zu Diensten«, antwortete Attilio Lagùmina.

Don Memè Moro lief, mit der Lampe in der Hand, von Zimmer zu Zimmer im Haus auf dem Landstück Pircoco, von dem man jetzt nicht mehr wußte, wem es nun gehörte, weil doch dieses Mistvieh von Pfarrer, der es ihm weggenommen hatte, tot war. Er hatte es ihm zwar weggenommen, aber dran erfreuen konnte er sich auch nicht: er, Memè, hatte auf ihn geschossen, so, wie er es feierlich geschworen hatte. Er hatte zwar auf das Gesicht des Cousins gezielt, aber, und das hatte er genau sehen können, er hatte ihn in die Brust getroffen.

Die Übungsstunden bei Aliquò hatten ihren Nutzen gezeigt. Eine Kutsche fuhr in den Hof ein, und er legte sich schnell wieder ins Bett. Er mußte fiebrig aussehen, wie Dottor Landolina es ihm angeraten hatte. Er hörte eine Stimme.

»Don Memè! Zu Hause?!«

Er erkannte sie. Das war die von Advokat Losurdo.

»Kommen Sie rauf, Signor Advokat. Ich liege im Bett.«

Losurdo betrat das Zimmer und wirkte aufgewühlt.

»Warum haben Sie sich um diese Stunde hingelegt?«

»Guten Abend, Signor Advokat. Ich liege im Bett, weil ich ein bißchen Fieber habe. Heute morgen ist Dottor Landolina vorbeigekommen, er hat mich untersucht und sagte, ich solle mich vorsehen.«

Sofern der Advokat auch nur den leisesten Zweifel gehabt haben sollte, dann war er jetzt verflogen: wenn Dottor Landolina, bekanntermaßen ein Mann von Don Cocò, erklärt hatte, daß Don Memè Fieber hatte, bedeutete das, daß Don Memè vor Gesundheit strotzte. Und mithin hatte sein Mandant nicht an sich halten können und den Pfarrer umgebracht.

»Wissen Sie, daß man Padre Carnazza erschossen haben soll?«

»Das hat mir jemand gesagt, der zu Besuch hier war ...«

Er unterbrach sich, sah den Advokaten durch seine zusammengekniffenen Augen genau an.

»Was heißt das: erschossen haben soll?«

»Nun ja. Der Mühleninspekteur Bovara ist zu Spampinato gegangen und hat gesagt, daß er Padre Carnazza im Sterben liegend aufgefunden habe.«

»Genau das hat man mir erzählt.«

»Doch Tatsache ist, daß, als Spampinato den Pfarrer oder vielmehr dessen Körper suchte, er ihn nicht gefunden hat.«

Das hatte Don Memè nicht gewußt. Er begann zu schwitzen.

»Er hat ihn nicht gefunden?!«

»Nein, hat er nicht. Die Leiche war nicht da. So wenigstens erzählt man es im Ort. Sehr wahrscheinlich war Padre Carnazza nur verletzt, und Bovara hielt ihn für tot. Das bedeutet, daß der Pfarrer sich wieder aufgerappelt hat, wegging und sich medizinisch versorgen ließ. Das wird eine ganz schön deftige Wichserei für den, der auf ihn geschossen und ihn für tot gehalten hat, wenn er ihn leibhaftig wieder vor seinen Augen auferstehen sieht.«

Don Memè fing an, wie ein Schloßhund zu heulen und zu jammern.

»Fühlen Sie sich nicht wohl?«

Der Advokat dachte schon, er habe es wohl ein bißchen zu weit getrieben mit dem Angst-Einjagen. Don Memè seinerseits fühlte sich wie von Türkenscharen umzingelt. Er war sich sicher, daß er den Pfarrer mitten in die Brust getroffen hatte. Möglich, daß er, nach der tödlichen Verwundung, ein paar Schritte gemacht hat, nachdem Bovara ihn gefunden hatte, und in einer Schlucht geendet ist. Dieser Gedanke tröstete ihn.

»Signor Advokat, ich wollte Sie etwas fragen.«

»Ja, bitte.«

»Für den Fall, daß Padre Carnazza tot ist, würde dann, weil er ja keine Erben hat, alles an mich zurückfallen? Besteht da Hoffnung?«

»Da muß ich genauer drüber nachdenken. So, wie die Sache jetzt liegt, könnte ich Ihnen darauf nicht antworten. Aber zuerst ...«

»Zuerst? ...«

»Müssen wir sicher sein, daß Padre Carnazza auch wirklich tot ist. Meinen Sie nicht?«

Vor dem Holztor stieg der Polizist, der die Kutsche gelenkt hatte, herunter, öffnete es und stieg wieder auf. Die Kutsche fuhr weiter und hielt vor Giovannis Haustüre.

»Wir sind da«, sagte La Mantìa.

Es herrschte dichtes Dunkel. Giovanni suchte in der Tasche nach dem Schlüssel, dann fand er ihn.

»Buonanotte«, sagte er.

»Also, abgemacht: morgen früh kommen wir gegen acht Uhr vorbei und holen Sie ab«, sagte Spampinato.

Giovanni wollte aufschließen, merkte aber, daß die Türe offen war. Er mußte wohl vergessen haben, sie abzuschließen, manchmal passierte ihm das.

Er ging hinein, bewegte sich hinüber zum Tisch, auf dem die Lampe stand, stolperte aber und fiel mit einem Aufschrei hin.

Spampinato und La Mantìa, die gerade wieder in die Kutsche steigen wollten, liefen schnell ins Haus. Sie sahen nichts.

»Was war denn?« fragte Spampinato.

Giovanni antwortete nicht, er hatte angefangen zu weinen.

La Mantìa zündete ein Schwefelholz an. Im schwachen Licht erkannten sie, daß Bovara gestolpert und gefallen war. Unter ihm lag die Leiche von Padre Carnazza.

Faltordner B

POLIZEIDIENSTSTELLE VON MONTELUSA

An den Hochgeehrten
Signor Polizeipräsidenten
Montelusa

Montelusa, am 4. Oktober 1877

BETREFF:
Bericht über die Festsetzung des Giovanni Bovara

Der vorliegende Bericht folgt dem gestrigen, welchen der unterzeichnete Leiter der Polizeidienststelle Ihnen nach dem Mittagessen zugeleitet hat.

Im Verlaufe der Stunden nach besagtem Mittagessen haben der Unterzeichnete und sein Stellvertreter La Mantìa dem Bovara mitgetheilt, die Leiche des Carnazza an der von ihm selbst bezeichneten Stelle nicht gefunden zu haben. Dem setzte der Bovara kein Wort entgegen, sondern verfiel in einen Zustand von Unwohlsein, weshalb ein von uns herbeigerufener Arzt ihm einen Schlaftrunk verabreichte, mit dem Ziele, seine Nerven zu beruhigen. Schließlich wieder erwacht, änderte der Bovara nichts an dem, was er uns zuvor hinsichtlich der Abfolge der Umstände bereits mitgetheilt hatte.

Nach Einbruch des Abends entschlossen sich der Unterzeichnete und sein Stellvertreter La Mantìa, denselben, der nicht in der Lage war, alleine zu reithen, mit der Kutsche bis zu seinem Hause auf vigatinischem Gebiet zu accompagnieren. Dieses Haus wurde ihm von der Witfrau Cìcero Trisìna vermietet.

Bei schon nachtschwarzer Dunkelheit dort angekommen, verabschiedeten wir uns und standen eben im Begriffe, wieder die Kutsche zu besteigen, als wir einen lauten Schrei hörten, welcher aus dem Inneren des Hauses drang, in welches der Bovara sich gerade begeben hatte. In Anbetracht der vorstehend erwähnten Dunkelheit fanden wir uns nicht gleich zurecht. Da hörten wir, daß der Bovara in lautes Schluchzen ausgebrochen war.

Nach Entzünden einer Lampe entdeckten wir, daß der Bovara über die Leiche des Carnazza gestolpert war, welche dortselbst lag.

Nachdem wir den Bovara mit Mühe hochgehoben und auf einen Stuhl gesetzt hatten, legten wir ihm keine Handschellen an, da er ohnehin einem Jammerlappen glich.

Don Carnazza war mit einem Schuß aus einer Feuerwaffe umgebracht worden, welcher ihn in der oberen Brust getroffen hatte, genauso wie der genannte Bovara es uns am Morgen berichtet hatte. Sein Hut lag unter dem Tische, welcher wenig weiter entfernt war, da es sich hier um das Eßzimmer handelte.

Ebenso lag auf demselben Tische ein Revolver, welcher, nach den Angaben des auf den Bovara ausgestellten Waffenscheines, demselben Bovara gehörte.

In der Trommel dieses Revolvers haben wir an Zahl fünf Kartouchen gefunden, nur eine von diesen erwies sich als abgefeuert.

An dieser Stelle mögen Euer Hochgeehrte Hochwohlgeboren daran erinnert werden, daß Don Carnazza von nur einem tödtlichen Schusse getroffen worden war.

Nachdem die Kutsche wieder nach Montelusa zurückgeschickt worden war, um den Signor Amtsrichter, Cavaliere Alfio Zagarella, und den Dottore, Cavaliere Graziano Puma, über den Vorfall zu verständigen, faßten der Unterzeichnete und der La Mantìa nach Festbindung des immer noch wie ein Jammerlappen aussehenden Bovara an einen Stuhl den Entschluß, eine Hausdurchsuchung durchzuführen. Doch zunächst ging der La Mantìa um das Haus, und gleich dahinter, an einen Baume festgebunden, fand er das Maulthier, welches bekanntermaßen das Eigenthum von Don Carnazza ist.

Bei der Durchsuchung des Hauses fiel mein Blick sogleich auf die Kredenz des besagten Eßzimmers, auf welcher zwei sechsarmige Leuchter aus massivem Silber deutlich sichtbar ins Auge fielen. Die besagten Kandelaber waren wenige Tage zuvor von dem nämlichen Don Carnazza als aus seiner Kirche gestohlene zur Anzeige gebracht worden.

Nachdem wir in das Schlafzimmer hinaufgestiegen waren, entdeckten wir, daß die Bettücher, in welchen der Bovara schlief, die gestickten Initialen des Vor- und Nachnamens von Don Carnazza trugen, folglich also zu dessen Ausstattung gehörten.

Daraus leiteten der Unterzeichnete und der La Mantìa den Anlaß und den Hergang der Blutthat ab.

Im Orte war allerseiten bekannt, daß die Witfrau Cìcero Trisìna seit geraumer Zeit fleischliche Verbindungen zu Don Carnazza unterhielt, zu welchem Zwecke sie sich jeden Morgen gleich nach der Frühmesse in die über der Kirche liegende Wohnung desselben begab.

Nachdem sie den Bovara durch die Vermietung ihres in Vigàta befindlichen Hauses kennengelernt hatte, mußte die Witfrau sich wohl in den Mühleninspekteur verguckt haben, und sicher ist zwischen diesen beiden eine intime Beziehung entbrannt, zumal die Cìcero als leichtlebige Frauensperson gilt.

Infolge davon überschüttete die Cìcero, entweder von dem Bovara dazu angehalten oder aus eigenem Willen handelnd, den neuen Geliebten mit allem, was sie von dem Priester erhalten hatte oder aus seiner unmittelbaren Nähe wegschleppen konnte.

Der Thathergang, so wie er sich dem Verstande unmittelbar darstellt, muß sich folgendermaßen abgespielt haben: Als der Priester die Verbindung zwischen seiner Geliebten und dem Bovara entdeckte, hat er sich, zu einer Aussprache unter Männern, zu dessen Haus begeben. Doch beim Anblicke der gestohlenen Kandelaber muß er sehr wüthend geworden sein, weshalb der Bovara, während des heftigen Wortgefechtes, den Revolver zog, auf ihn schoß und ihn damit umbrachte.

Daraufhin hat er das Maulthier hinter dem Hause versteckt, ist nach Montelusa in die Polizeidienststelle gekommen und hat eine andere als die eigentlich vorgefallene Geschichte erzählt.

Doch, so lautete die Frage, die ich mir selbst stellte: Warum hat er einen solchen Schritt gethan? Im ersten Augenblicke wußte ich mir keine Antwort darauf zu geben.

Unterdessen hatte der Arzt den Tod des Leichnames festgestellt und der Signor Amtsrichter die Überführung des Toten veranlaßt. Nach Erledigung all dessen hat der Unterzeichnete die Verbringung des Bovara in die Polizeidienststelle veranlaßt und einen Polizisten in den Gemeindetheil Zuccarello entsandt, wo sich das Landhaus der o.g. Cìcero Trisìna befindet, indessen er persönlich sich zur Stadtwohnung der Cìcero begab, welche in der Garibaldigasse liegt. Trotz Klopfens war niemand zu bemerken. Eine Nachbarin, Luparello Antonia, brachte mir zur Kenntnis, daß die Cìcero am Tage zuvor in der Kutsche fortgefahren und nicht mehr nach Hause zurückgekehrt sei. Kurz darauf berichtete mir der in den Gemeindetheil Zuccarello entsandte Polizist, daß das Landhaus nicht bewohnt sei.

Die Flucht der Cìcero ließ ihre Komplizenschaft bei der von ihrem Geliebten Bovara begangenen Blutthat klar erkennen.

Doch gerade deshalb nahm in meinem Kopfe die Antwort auf die Frage Gestalt an, warum der Bovara dieses ganze Schmierentheater aufgeführt hatte.

Die Antwort ist: Weil Bovara als Irrer gelten wollte, wohingegen es sich bei ihm um einen Mörder mit völlig gesundem Verstande handelt.

Der Mord wurde nicht im Verlaufe eines hitzigen Streites ausgeführt, sondern war genau geplant und von langer Hand vorbereitet worden.

Bovara hatte fast noch am gleichen Tag seiner Ankunft ein Verhältnis mit der Cìcero begonnen und im Einvernehmen mit dieser Frau beschlossen, das Techtelmechtel seiner Geliebten mit dem Priester weiterlaufen zu lassen, mit dem Ziele, diesen all seiner Habe bis auf die Knochen zu entledigen.

Doch der Priester muß etwas von der neuen Beziehung der Cìcero mit dem Bovara gemerkt haben und forderte offensichtlich die ihr gemachten Geschenke zurück oder aber drohte, eine Anzeige wegen des stattgehabten Diebstahles der beiden Kandelaber zu machen; Thatsache ist, daß der Bovara und seine Geliebte angesichts der Gefahr, in der sie sich befinden würden, wenn der Priester seine Absicht in die That umsetzen sollte, beschlossen, diesen aus dem Wege zu räumen.

Zuvor jedoch wollte der Bovara allen seinen aus den Fingern gesogenen Irrsinn zeigen, damit die mögliche Entdeckung des Mordes an Don Carnazza gewissermaßen seinem wirren Kopfe zuzuschreiben wäre.

Deshalb gab er die Existenz einer Mühle zur Anzeige, von welcher die Carabinieri keinerlei Spur fanden!

Deshalb präsentierte er sich in der Polizeidienststelle mit der Erklärung, er habe einen Mord an einem nie gesehenen Ort beobachtet, und beschuldigte Don Emanuele Moro dieser That, welcher aber ausgerechnet an diesem Morgen (was dem Bovara jedoch unbekannt war) mit hohem Fieber im Bette lag!

Deshalb sorgte er dafür, daß wir den Toten bei ihm zu Hause fanden, wo er ihn doch auch in eine Schlucht hätte werfen können, ohne daß irgend jemand darauf aufmerksam geworden wäre!

Deshalb auch fing er fürchterlich an zu weinen, als er (absichtlich) über die Leiche stolperte und (absichtlich) auf sie fiel: Er wollte, daß der Unterzeichnete und der La Mantìa glauben sollten, daß er sich erst im Augenblicke des Sturzes über die Leiche darüber klargeworden wäre, daß er selbst diese Leiche provoziert habe!

Der Bovara sagte uns in seiner vorgetäuschten irren Anzeige vom Morgen, er sei zu einer Inspektion in der Mühle »San Benedetto« von Cianciàna gewesen. Aus Gründen der Gewissenhaftigkeit für die Ermittlung habe ich einen Polizisten dorthin geschickt: nun, sowohl der Mühlenbesitzer als auch seine beiden Arbeiter haben entschieden verneint, daß Bovara an diesem Morgen von ihnen gesehen worden sei. Sie hätten gerne zur Stützung ihrer Behauptung das inspizierte Journal gezeigt, wenn nicht ein gerade ausgebrochenes Feuer es theilweise vernichtet hätte. Allerdings stehen sie zur Verfügung, um vor einem Gerichte pflichtgemäß ihre Zeugenaussage zu machen.

Wegen all dieser Gründe befindet sich der Bovara in Arrest in dieser Polizeidienststelle. Ich habe ihn nicht ins Gefängnis überführen können, weil das von San Vito gestopft voll ist, das gleiche gilt für das Zentralgefängnis.

Hochachtungsvoll

Der Leiter der Polizeidienststelle
Spampinato

KÖNIGLICHES GERICHT ZU MONTELUSA

An Seine Hochgeehrte Exzellenz
den Signor Gerichtspräsidenten

Montelusa, am 5. Oktober 1877

Nachdem der Unterzeichnete sich in die Polizeidienststelle von Montelusa begeben hatte, wo der Giovanni Bovara vorläufig einsitzt, um diesen einem Verhöre wegen der ihm angelasteten Mordthat an Don Artemio Carnazza zu unterziehen, konnte er feststellen, daß der vorgenannte Bovara sich in einem Zustande der völligen geistigen Verwirrung befindet und Opfer einer offenkundigen mentalen Störung ist. Auf meine Frage, wo er geboren sei, erwiderte er einmal in Genua und ein anderes Mal in Vigàta, besann sich dann aber wieder und neigte zu der Ansicht, daß er sich für den Augenblick als in Vigàta geboren betrachte.

Zu der Eigenthümlichkeit dieser Behauptung fügte er, nachdem er vorausgeschickt hatte, ein guter, wenngleich auch ein wenig aus der Übung gekommener Schachspieler gewesen zu sein, hinzu, daß er, im Verlaufe der vergangenen, in der Zelle der Polizeidienststelle schlaflos verbrachten Nacht, lange über das Spielschema nachgedacht habe und schließlich den Rösselsprung für den siegreichen Zug halte.

Wenigstens glaube ich, daß er sich auf diese Weise ausgedrückt hat, allerdings mit der einschränkenden

Erklärung, daß der Unterzeichnete nichts vom Schachspiel versteht.

Ich möchte ausdrücklich darauf hinweisen, daß diese Salbaderei auf sizilianisch vor sich ging, da sich der Bovara weigerte, italienisch zu sprechen, und behauptete, daß er für sich im Sizilianischen die einzige sichere Gewähr sehe, keine Fehler zu machen.

Meinen dann folgenden Fragen hat er ein verlorenes Schweigen entgegengesetzt.

Der von dem Unterzeichneten selbst herbeigerufene Arzt, Dottor Ernesto Lojacono, äußerte die Ansicht, daß es nicht möglich sein würde, den Bovara vor Ablauf einer Woche einem Verhöre zu unterziehen.

Hochachtungsvoll

Giosuè Pintacuda
Ermittlungsrichter

KÖNIGLICHE STAATSANWALTSCHAFT VON MONTELUSA – DER STAATSANWALT DES KÖNIGS

An den Signor
Capitano Francescon Gustavo
Königliches Corps der Finanzpolizei
Montelusa

Montelusa, am 6. Oktober 1877

Kommandant,
ich habe Kenntnis erhalten, daß die »Acheron« genannte Sozietät für die Ausbeutung der »Bucafossa« und »Terranella« genannten Schwefelminen ihren Gesellschaftssitz in der Via Re Ruggero Nr. 18 hat, und zwar in dem gleichen Raume im Erdgeschoß der beiden anderen, in der Vergangenheit bereits festgestellten Sozietäten.

Der Gerichtsstandort der Sozietät »Acheron« ist ebenfalls in der Kanzlei des Advokaten Gregorio Fasùlo angesiedelt.

Bitte berichten Sie mir baldmöglichst.

Mit vorzüglicher Hochachtung

DER STAATSANWALT DES KÖNIGS
Ottavio Rebaudengo

»La Concordia«
Wochenblatt von Montelusa

Herausgeber und Eigenthümer:
Salvatore Afflitto

8. Oktober 1877

OFFENER BRIEF AN DIE BÜRGER
VON MONTELUSA UND PROVINZ

Bürger!
Erinnert ihr euch an die Worte, welche der Deputierte Scoparo auf der Piazza ausgesprochen hat, um die Regierungsübernahme durch die Linke in unserem Lande zu begrüßen? Es ist angebracht, sie hier zu wiederholen. »Nach siebzehn Jahren tritt die alte Regierung zurück und die Oppositionspartei übernimmt die Macht. Die fast schon erloschenen Hoffnungen in Sizilien keimen wieder auf, und das unter den glücklichsten Vorzeichen. Auch wir wollen, nicht anders als unsere Gegner, ja mehr noch als unsere Gegner, daß Ordnung und Freiheit das Grundelement für den politischen Bestand unseres Landes darstellen. Wir wollen die Ordnung, weil wir die Freiheit wollen. Wir wollen die Ordnung, doch ohne Gewaltthaten, ohne Ausnahmegesetze, ohne Willkür: wir streben darnach zur Wahrung unserer erworbenen Rechte, und nicht als Vorwand zur Abschaffung der liberalen Verfassungsgarantien und zur

Wiedereinführung der Nothverordnungen der alten Regime.«

Dieses sagte der Deputierte Scoparo.

Doch wir wußten nur zu gut, was Sitte und Brauch der Linken ist! Ozeane von Worten, Dürre der Thaten. Sturmwolken ziehen am Himmel unseres schönen Landes auf und werden sich in verheerenden Gewittern entladen, wenn nicht jeder anständige Bürger seine Stimme des Protestes angesichts der Übelthaten erhebt, welche diese Linksregierung für den Ausdruck von Ordnung und Freiheit hält!

Jeder, der will, kann sehen, in welchen Zustand von Unordnung unsere Provinz nach kaum einem Jahr dieser Linksregierung versunken ist.

Die Empörung aller Besitzenden ist an einem Punkte angelangt, daß sie fest entschlossen sind, ihre Minen zu schließen, weil sie von Steuern, Diebstählen und Schmarotzereien gequält werden, zudem in der ständigen Furcht, daß das geförderte Mineral in Brand aufgeht; eine Maßnahme, die an die dreitausend Menschen brotlos auf die Straße setzen würde.

Die gleiche Furcht besteht bei den Bauern, welche der Möglichkeit beraubt wurden, sich frei auf ihre Felder zu begeben, es sei denn unter Gefahr für Leib und Leben, was dazu geführt hat, daß die Felder brach liegen und keiner die Arbeit zu verrichten wagt. Ein derartiger Arbeitsmangel beraubt viele unglückliche Menschen ihrer ohnehin schon dürftigen Nahrung, welche sie durch die vorgenannte Arbeit erwarben.

Von Handel und Gewerbe rede ich erst gar nicht, denn auch diese sind völlig zerstört worden, dazu kommen noch die Diebstähle, welche durch die Gesetze dieser Regierung und durch ihre abwürgenden Steuern möglich werden.

So sieht die Ordnung der Linken aus!

Und was die edle Verpflichtung angeht, den Kodex der »liberalen Verfassungsgarantien nicht zu schließen«, so soll ein Beispiel genügen.

Meine bürgerlich-gesittete Arbeitsamkeit, mein Wunsch, mich für die Entwicklung unseres Handels, unserer Landwirtschaft, unserer Fischerei einzusetzen, und dies in tiefer Achtung vor den Gesetzen, vor allem aber meiner moralisch-sittlichen Leitlinie gehorchend, haben dazu geführt, daß Sie alle mich als einen Stützpfeiler dieser Provinz betrachten. Das ist mir bewußt und ich erkenne dies in betroffener Bescheidenheit an. Nun hat ein der derzeitigen Regierungsmacht höriger Staatsanwalt eine Ermittlungskampagne über meine Aktivitäten in die Wege geleitet und zu verstehen gegeben, daß ich der heimliche Drahtzieher Gott weiß welcher dunklen Geschäfte sei!

Und soll ich euch, meine Mitbürger, sagen, woher er den Anstoß für seine Intrige gegen mich bekam, mich, der ich immer und unumwunden klar eine gegentheilige Haltung zu den Vorstellungen derer geäußert habe, die uns heute regieren?

Er gründet seine Ermittlungen auf die Worte des in diesen Tagen traurigerweise gerichtsbekannt gewordenen Giovanni Bovara, welcher sich derzeit in Polizeigewahrsam befindet, weil er frevelhaft den Mord an einem Manne Gottes begangen hat, dem Priester Artemio Carnazza.

Ein Verbrechen, das um so abscheulicher ist, wenn man die schändlichen Motive in Betracht zieht, die dazu geführt haben!

Ich frage mich: Welchen Wahrheitswerth kann das Wort eines Mörders für einen Staatsanwalt haben? Sind wir wirklich schon so weit gekommen?

Daher fordere ich euch auf, meine Mitbürger, aus euren aufrichtigen und fügsamen Herzen jede Achtung für Männer zu tilgen, welche unwürdig sind, die hohen Ämter wahrzunehmen, welche sie gleichwohl innehaben!

Ich fordere euch auf, gemeinsam mit mir für eine echte und nicht mit nebulösen Worten versprochene Wiederherstellung der liberalen Verfassungsgarantien zu kämpfen.

Nicola Afflitto

KÖNIGLICHES GERICHT ZU MONTELUSA

Ottavio Rebaudengo
Staatsanwalt des Königs
Im Hause

Montelusa, am 8. Oktober 1877

Signor Staatsanwalt,
soeben erfahre ich aus der Lektüre eines Offenen Briefes von Signor Nicola Afflitto im Wochenblatt »La Concordia«, daß von Ihrem Amte eine Ermittlung eröffnet wurde, welche auf den Äußerungen des Giovanni Bovara basiert, den ich in den nächsten Tagen wegen der Ermordung von Don Artemio Carnazza verhören muß. Ich glaube, es wäre sinnvoll, wenn Sie mir ein Gespräch in dieser Angelegenheit gewähren wollten.
Hochachtungsvoll

Giosuè Pintacuda
Ermittlungsrichter

»La Concordia«
Wochenblatt von Montelusa

Herausgeber und Eigenthümer:
Salvatore Afflitto

10. Oktober 1877

EXTRABLATT!

Nach dem auf den Seiten dieses Wochenblattes veröffentlichten Offenen Briefes von Signor Nicola Afflitto sind wir in der Fluth der sich dem Aufrufe anschließenden Briefe und Billetts nahezu ertrunken. Stellvertretend für alle veröffentlichen wir den Brief von Dottor Miraglia, Bürgermeister von Montelusa.

»Der Unterzeichnete beeilt sich nach Gebühr, Ihnen seine volle Übereinstimmung mit dem von Ihnen Geschriebenen zum Ausdrucke zu bringen.

Das Irrsinnsgerede eines Einzelnen, noch dazu eines Mörders, dürfen Sie nicht als ernsthafte Stimme betrachten, sofern jemand von anderen Gründen bewegt wird als denen, die sich streng an die Gerechtigkeit halten.

Daher macht sich der unterzeichnete Bürgermeister, indem er Ihnen für das dankt, was Sie zum Wohle Ihrer Mitbürger gethan haben und weiterhin thun werden, zum zuverlässigen Überbringer der Gefühle aller, wenn ich Ihnen ein aufrichtiges Zeugnis der Anerkennung ausspreche, in der Hoffnung, daß Sie taub für nichtswürdige Ränke sind und sich weiterhin zum Wohle aller einsetzen. Der Bürgermeister: Alfonso Miraglia.«

Uns haben Briefe erreicht:

von Signor Attilio Garbino, Bürgermeister von Favara;

vom Gemeinderath von Comitini;

vom Gemeinderath von Grotte;

vom Klerus der Provinz, repräsentiert durch den Kanonikus Gibilaro;

von der Vereinigung des Handels und Gewerbes der Provinz;

von Hunderten von privaten Mitbürgern, darunter der Marchese Pinuardi, der Baron Rifirò, der Graf Taetàni, der Marchese Giabbracone, Salvatore Tancàmo, John Oates, Hans Gottheil und viele weitere.

Fortsetzung in der nächsten Ausgabe.

PROF. DR. CAV. DEP. GERARDO CASUCCIO

Mitglied des Parlamentes
Montelusa

An den
Höchstwerthen Signor Großofficier
Salvatore Bonafede
Kabinettschef S. E.
des Justizministers
Rom

Rom, am 12. Oktober 1877

Totò,
in Montelusa hat sich eine äußerst schwierige Situation ergeben.

Mit Datum des 29. Septembers habe ich Dir darüber geschrieben, aber Du hast es vorgezogen zu schweigen, Du Wichser.

Don Cocò will keine Gründe mehr hören.

Es liegt in Deinem ureigensten Interesse, Abhilfe zu schaffen.

Dieser aufgeblähte Schwanz von Rebaudengo muß unverzüglich versetzt werden.

Ich mache Dich schon jetzt darauf aufmerksam, daß die Deputierten Minacori, Bellavia, Scimè, Raddusa (und der Unterzeichnete) eine Anfrage bezüglich der Arbeit des Staatsanwaltes des Königs in Montelusa einbringen werden.

Liegt es im Interesse dieser Regierung, sich gegen eine ganze Provinz zu stellen?

Ich werde heute nachmittag bei Dir vorbeikommen, empfange mich dann unverzüglich.

Gegè

»La voce dell'Isola«
Tagblatt

Herausgeber: Angelo Rabbito

12. Oktober 1877

EINIGE ZEILEN DES HERAUSGEBERS

Ein Bürger von Montelusa, welcher auf der gesamten Insel bekannt ist für sein Unternehmerthum im Gewerbe, im Handel und in der Landwirtschaft, hat von den Seiten eines örtlichen Wochenblattes herab stolz gegen die Verfolgungswuth protestiert, welcher er durch einen Staatsanwalt des dortigen Gerichtes ausgesetzt ist, und das alles auf der Grundlage der absonderlichen Aussagen eines gemeinen Verbrechers, welcher derzeit wegen Mordes einsitzt.

Wir, die wir die Ehre haben, Signor Nicola Afflitto persönlich zu kennen und seine unerschütterliche Ehrlichkeit würdigen zu dürfen, schließen uns mit großer Mehrheit seinem Aufschrei und seinem Abscheu an.

Eine Staatsanwaltschaft, welche zuerst taub und blind war, nun aber aufgewacht ist, nur um den Gerechten zu verfolgen, ist eines zivilisierten Landes nicht würdig.

»La Gazzetta di Palermo«
Tagblatt

Herausgeber: Manfredi Piro

14. Oktober 1877

IN LETZTER MINUTE

Gerade erreicht uns die Mittheilung, daß der Staatsanwalt des Königs in Montelusa, Cavaliere Ottavio Rebaudengo, mit sofortiger Wirkung an das Königliche Gericht von Genua versetzt wurde.

Diese Versetzung, die wir mit Beifall begleiten, wird sicherlich der Beruhigung einer Lage dienlich sein, welche sowohl in Montelusa als auch in der Provinz zum Schaden aller auszuarten drohte.

Cavaliere Rebaudengo wird ersetzt durch den Cavaliere Antonio Lacalamita, derzeit Staatsanwalt des Königs in Catania, wo er sich auf Grund seiner hervorragenden Fähigkeit, ein besonnenes Gleichgewicht herzustellen, Ansehen erworben hat.

An den Hochgeehrten
Cav. Giosuè Pintacuda
Ermittlungsrichter
am Gericht
von Montelusa

Montelusa, am 14. Oktober 1877

Signor Ermittlungsrichter,
ich beeile mich, Ihnen mitzutheilen, daß der Arretierte Giovanni Bovara wieder bei guten körperlichen Kräften ist, wiewohl nach einem längeren als dem von mir ursprünglich vorhergesagten Zeitraume.

Von der starken Störung, die er vorher aufwies, ist nichts weiter zurückgeblieben als eine Verbohrtheit, sich unbedingt im sizilianischen Dialekte ausdrücken zu wollen.

Gleichwohl möchte ich Sie bitten, bei Ihren Verhören, welchen Sie ihn unterziehen müssen, zu bedenken, daß der Bovara von Zeit zu Zeit wieder in seine Wahnideen verfällt.

So hat er mir beispielsweise mitgetheilt, für Ihr Verhör nur deshalb bereit zu sein, weil er von der Versetzung des Cavaliere Rebaudengo, Staatsanwalt des Königs, erfahren habe. Er behauptet, daß es jetzt an ihm sei, den fälligen Schachzug zu machen.

Abgesehen davon hat er erklärt, er sei durchaus in der Lage, alle Fragen zu beantworten.

Ihr ergebenster

Dottor Ernesto Lojacono

Montag, 15. Oktober 1877

Signor Bovara, als der Gerichtsschreiber und ich Sie begrüßt haben, haben Sie den Gruß mit den Worten erwidert: Mir küß'n d'Hand. Warum haben Sie im Dialekt geantwortet?

Weil, solange ich mich in dieser Situation befinde, ich so denken und so sprechen werde.

Schauen Sie, die Sache hat für die Vernehmung, zumal sowohl ich als auch der Gerichtsschreiber Sizilianer sind, keinerlei Bedeutung.

Das ist die Meinung von Euer Ehren.

Na gut, machen wir weiter. Haben Sie irgend etwas an dem Bericht des Polizeiamtsleiters Spampinato über das Auffinden der Leiche zu verändern?

Ja, als ich sie gefunden habe, war sie noch keine Leiche. Aber sie war dabei, eine zu werden.

Also, Sie versichern im Grunde, daß Sie Padre Carnazza auf dem Feldweg kurz hinter der Gabelung Montelusa–Vigàta aufgefunden haben?

Jawohl, Signore.

Und wie erklären Sie es sich dann, daß der Körper in Ihrem Haus gefunden wurde?

Wenn mir das Euer Ehren zuerst erklären woll'n, wär's besser.

Hören Sie, Signor Bovara, wer hier Dinge erklären muß, sind Sie.

Meines Erachtens hat man den Toten in mein Haus geschleppt. Man hat ihn da hingeschafft, damit ich ihn bei meiner Rückkehr dort find'n sollte. Damit hat man mir die Schlinge um 'n Hals gelegt: schließlich hatte ich morgens erklärt, daß ich den Pfarrer an einer bestimmten Stelle gefunden hatte, da konnte ich ja nicht am selben Abend zur Polizeidienststelle zurückkehren und sagen, daß der Pfarrer jetzt bei mir zu Hause lieg'n würde. Von Angst gepackt, hätte ich mich vor die Notwendigkeit gestellt sehen soll'n, ihn selber aufzuheben. Und so wäre es noch einfacher gewesen, mir die Schuld an dem Mord zuzuschieben. Kommt Ihnen das vernünftig vor?

Sogar mehr als das, es kommt mir romanhaft vor. Sie sollten derart intelligente Feinde haben, die sich einen solchen Plan ausdenken könnten?

Euer Ehren glauben das nicht? Hat man Ihnen nie die Geschichte von der Mühle erzählt, die zuerst da war und dann nicht mehr? Ist doch ein toller Einfall, um mich als Irren darzustellen, oder nicht? Das alles ist ein Plan, um mich aus dem Weg zu räumen. Tuttobene hat man ertränkt, Bendicò hat man erschossen, und bei mir versucht man, mich im Gefängnis oder im Irrenhaus krepieren zu lassen.

Kommen wir für einen Augenblick auf etwas anderes zu sprechen. Kennen Sie Signora Trisìna Cìcero, von der Sie das Haus gemietet haben, in welchem Sie wohnen?

Jawohl, Signore.

Haben Sie mit ihr ein intimes Verhältnis gehabt?

Nein. Signora Trisìna habe ich nur einmal geseh'n, und zwar am selben Sonntag, an dem ich nach Vigàta gezog'n bin. Sie kam nach dem Mittagessen, in der Kutsche. Da war auch ein Junge, Michilinu. Sie brachte mir das Pferd, das ich brauchte, und auch zwei Doppel Bettücher, die es im Haus nicht gab. Danach hab' ich sie nicht mehr geseh'n.

Waren das die Bettücher mit den gestickten Initialen von Padre Carnazza?

Mir hat sie gesagt, das wären die Initialen ihres Gatten.

Ja, das ist so, die Initialen der beiden Männer stimmen überein ... Und wann haben Sie sich wiedergesehen? Brachte Signora Cìcero bei jedem Treffen etwas Neues mit?

Signor Ermittlungsrichter, mir können Sie keine Falle stellen. Ich habe diese Frauensperson nur einmal gesehen. Die anderen Sachen habe ich auf dem Eßzimmertisch ein paar Tage später gefunden.

Auch die beiden Silberkandelaber?

Auch die habe ich eines Abends bei meiner Rückkehr vorgefunden.

Hat Sie die Tatsache nicht erstaunt, daß diese Frau ohne jeden Grund, wenn man Ihnen Glauben schenkt, Ihnen ein so wertvolles Geschenk gemacht hat?

Doch, das hab ich mich auch gefragt. Aber ich hab' es mir so erklärt: Die Geschenke hat sie nicht mir gemacht, sondern ihrem Haus. Sie wollte es hübsch herrichten, wohl auch, um es nach mir teurer zu vermieten. Aber warum fragen Sie sie das nicht selbst?

Sie ist nicht auffindbar. Haben Sie eine Idee, wo sie sich versteckt haben könnte?

Ich weiß ja nicht mal, wo sie in Montelusa wohnt.

Welches Motiv könnte Signora Cìcero denn haben, unauffindbar zu sein? Wenn nicht das, Ihre Komplizin bei dem Verbrechen gewesen zu sein, das Sie begangen haben?

Wenn man sie wirklich nicht findet, was ich ja jetzt erst erfahre, könnte es ja auch noch andere Gründe dafür geben.

Nennen Sie mir ein paar.

Man hat sie umgebracht. Oder man hat sie unter Androhung des Todes in die Flucht getrieben.

Und wieso?

Signor Ermittlungsrichter, wenn Euer Ehren sie hätten fragen können, hätte sie Ihnen die Wahrheit gesagt.

Und dann hätte dieses ganze Gewirke aus Strippen und Gegenstrippen, das man sich hat einfallen lassen, um mich als Mörder darzustellen, nicht mehr gehalten.

Wußten Sie, daß Signora Cìcero die Geliebte von Padre Carnazza war?

Jaje. Das hat mir ein Barbier von Montelusa gesagt, der dazu auch noch mein Cousin ist. Er hat mir eine vollständige Liste aufgezählt.

Eine Liste wovon?

Von den Liebhabern, die Signora Cìcero gehabt hat.

Haben Sie Padre Carnazza persönlich gekannt?

Ein Kollege hatte mich auf ihn aufmerksam gemacht, als ich über einen Korridor im Finanzpräsidium ging. Der Pfarrer war wegen einer Steuerangelegenheit gekommen. Das war das einzige Mal, daß ich ihn gesehen habe, sonst nie wieder.

Warum sind Sie in Schluchzen ausgebrochen?

Wann?

Als Sie nach Hause zurückgekehrt und über die Leiche gestolpert sind.

Aus Wut.

Erklären Sie das genauer.

Als ich gestolpert bin, war mir sofort klar, worüber ich gestolpert war. Das war zwar ein Toter, aber in erster Linie eine Falle, ein Falloch, eine Schlinge, in der ich ersticken sollte. Mir war sofort klar, daß das der Körper des Pfarrers war, und da habe ich angefangen zu weinen. Aus Wut, aus Verzweiflung.

Der Polizeiamtsleiter Spampinato hat geschrieben, Sie hätten mit Padre Carnazza ein paar Worte gewechselt, bevor er starb.

Stimmt.

Und einige Worte hätten Sie nicht verstanden, andere dagegen wohl?

Stimmt.

Sie haben erklärt, der Sterbende hätte in verständlicher Form gesagt: »fu Moro cugino«.

Nein, das war nicht so. Als ich ihn das Wort »cuscinu« habe sagen hören, dachte ich, er wollte ein »cuscinu« für den Kopf, ein Kissen, ich dachte, das würde im Dialekt »cuscinu« heißen. Aber ich kann nicht sagen, ob der Pfarrer in diesem Augenblick »cuscinu« sagte, was eigentlich »cusscinu« bedeutet, also Kissen, oder »cuscinu« in der Bedeutung von »cuginu«, also Cousin. Den Unterschied in der Aussprache hat mir Signor La Martìa erklärt, Spampinatos Stellvertreter. Ich dachte, daß »cuscinu« Cousin bedeutet, weil ich doch wußte, daß Signor Moro der Cousin des Pfarrers war und ich auch Kenntnis davon hatte, daß es zwischen dem Pfarrer und Signor Moro eine schwere Auseinandersetzung wegen irgendwelcher Erbschaftsgeschichten gegeben hatte. Ich wußte auch, daß Signor Moro Padre Carnazza den Tod geschworen hatte. So hab' ich auf meinem Ritt zur Polizeidienststelle zwei und zwei zusammengezählt. Man denkt, das macht vier, aber das stimmt nicht, das hat mir der Stellvertreter La Mantìa ja genau erklärt.

Weil nach La Mantìas Ansicht zwei und zwei nicht vier ergeben?

Also, erstens erklärte er mir, daß es eines wäre, wenn man »fu moro«, also »er war dunkelhäutig«, in einem Wort sagt, und etwas ganz anderes, wenn man sagt »fu« Pünktchen Pünktchen »moro«, was dann bedeutet »es war« Pünktchen Pünktchen »ich sterbe«.

Zweitens hat er mich davon überzeugt, daß »moro« im Sizilianischen zunächst einmal die Bedeutung hat: ein Mann von dunkler Haarfarbe; dann bezeichnet es einen Afrikaner; dann bedeutet es auch eine Verbform, und erst danach kann es auch ein Nachname sein. Und um der Gefahr zu entgehen, daß man ein Wort mit einer anderen Bedeutung belegt, spreche ich jetzt auch Dialekt.

Und deshalb sind Sie zu der Überzeugung gelangt, daß der Pfarrer, als er »moro« sagte, meinte »ich sterbe«? Anders gefragt: Bleiben Sie bei Ihrer Anschuldigung gegenüber Signor Moro, oder ziehen Sie sie zurück?

Nicht im Traum! Ich bleibe dabei. Der Pfarrer hatte deutlich gesagt, daß sein »cuscinu Moro« auf ihn geschossen habe. Sie dürfen mir glauben, Signor Ermittlungsrichter: in der ganzen Zeit, die ich hier drinnen zugebracht habe, hab' ich nichts anderes getan, als an die Worte des Pfarrers zu denken, der im Sterben lag ... Und erst jetzt kann ich sagen, daß er klar geredet hat, ich ihn aber nicht verstanden habe. Ich dachte schließlich sogar, er würde mich zum Teufel schicken, mit Verlaub gesagt, voller Verzweiflung, weil ich ihn nicht verstanden habe.

Was hat er dann gesagt?

Eine Sekunde, dann komme ich schon darauf zu sprechen. Fangen wir beim Anfang an. Als der Pfarrer merkte, daß ich neben ihm kniete, flüsterte er ein Wort, das sich für mich in dem Augenblick so anhörte wie »spaiatu«. Was sollte das für eine Bedeutung haben? Keine. Und daher dachte ich, er hätte mit schlechter Aussprache das Wort »sparatu« gesagt, »geschossen«. Aber wozu sollte er mir das sagen, wo man doch klar und deutlich sehen konnte, daß auf ihn geschossen worden war? Soll ich Ihnen was sagen, Signor Ermittlungsrichter? Der Pfarrer hat weder »spaiatu« noch »sparatu« gesagt. Er hat einen Namen genannt.

Ach, ja? Und welchen?

Spampinatu.

Spampinato?!

Dafür leg ich meine Hand ins Feuer. Heiligstes Evangelium. Spampinatu.

Der Polizeiamtsleiter?!

Weiß nicht, ob der Polizeiamtsleiter oder sein Bruder Gnaziu.

Der Leiter der Polizeidienststelle hat einen Bruder namens Ignazio?

So ist es. Und sein Name gehörte auch zu der Liste. Den nannte mein Cousin, der Barbier.

Was für eine Liste?

Die mit den Liebhabern der Signora Cìcero. Erkundigen Sie sich selbst.

Ihrer Meinung nach also hat der Pfarrer die Namen von Spampinato und Moro genannt?

Von Spampinato, von Moro und von ...

Reden Sie weiter. Warum diese Pause?

Weil jetzt das ganz große Ding hochgeht. Eine Bombe. Ein Kanonenschlag. Der Pfarrer nannte einen dritten Namen. Er hat überhaupt nicht »vaffanculo«, geh' zum Teufel, zu mir gesagt.

Nennen Sie doch den Namen.

Fasùlo. Nicht »fa' 'n culo«.

Jetzt hören Sie aber auf. Das ist doch ein Witz.

Ich mache keine Witze, Signor Ermittlungsrichter. Ich habe darüber nachgedacht, nachdem Signor La Mantìa mir erklärt hatte, wie unser Dialekt funktioniert. Ganz deutlich hatte Padre Carnazza »ulo« gesagt. Die Endung eines Familiennamens. Hätte er »culo« sagen wollen, also Arsch, wäre die Endung »ulu« gewesen. Ist doch ganz einfach.

Ist Ihnen klar, was Sie da sagen? Sie wollen auf Advokat Fasùlo anspielen?

Ich spiele nicht an, ich berichte. Und bei genauerem Nachdenken ist es durchaus kein Irrsinn, daß der Pfarrer diesen Namen erwähnt hat. Denn man muß schließlich in Betracht ziehen, daß auch er auf der Liste steht.

Was für eine Liste? Etwa immer noch die mit den Liebhabern von Signora Cìcero, die Ihnen Ihr Cousin, der Barbier, geliefert hat?

Jawohl, Signore. Auf dieser Liste steht der Advokat Fasùlo. Erkundigen Sie sich selbst. Sie haben sich miteinander verbündet.

Erklären Sie das genauer.

Spampinatu und Fasùlo haben sich darauf geeinigt, den Pfarrer umzubringen, weil der ihnen die Frau ausgespannt hat und sie wie gehörnte Ochsen hat aussehen lassen.

War auch Signor Moro auf der Liste?

Moro war nicht darauf. Aber der hatte hunderttausend Gründe, auf den Pfarrer zu schießen. Er schloß sich den anderen beiden an. Sie bildeten so etwas wie ein Konsortium.

Hören Sie, Bovara, ich meine mich zu erinnern, daß Sie dem Polizeiamtsleiter Spampinato gegenüber erklärt haben, Sie hätten nur eine Person gesehen, die sich zu Pferd vom Tatort entfernt hat.

Das will gar nichts besagen. Geschossen hat nur einer, vielleicht haben sie auch Kopf oder Zahl gespielt, um zu bestimmen, wer ihn erschießen sollte, aber der Pfarrer hatte alles begriffen und sagte es auch.

Sie haben den Flüchtenden nicht erkennen können?

Nein, Signor Ermittlungsrichter. Er hatte mir den Rücken zugekehrt und war schon weit weg.

Mithin behaupten Sie, daß Spampinato, Moro und

Advokat Fasùlo einen Unheilspakt geschlossen haben, um Don Carnazza umzubringen?

Ganz genau. Allerdings ...

Sprechen Sie weiter.

Allerdings, wenn ich mir weiterhin die Hand aufs Herz lege ...

Nun, was?

Wissen Sie, wie das hier abläuft, Signor Ermittlungsrichter? Hier redet einer und redet, und er redet immer wieder dasselbe Zeug, und je mehr er darüber redet, um so klarer wird ihm die Sache in seinem Inneren. So geht es mir. Vielleicht hat Signor La Mantìa ja recht. Als der Pfarrer sagte »moro«, sollte das lediglich bedeuten »ich sterbe«.

Folglich würden Sie den Kreis lediglich auf Spampinato und Fasùlo einschränken?

Genau das.

Leider Gottes haben Sie keine Zeugen.

Für das, was mir der Pfarrer gesagt hat, ist mein Zeuge Gott.

Aber Gott kann nicht vor dem Gericht auftreten. Und es gibt auch keine Zeugen für die Tatsache, daß die Leiche von der von Ihnen angegebenen Stelle, wo Sie sie aufgefunden haben, in Ihr Haus verbracht wurde.

Nein, Zeugen aus Fleisch und Blut gibt es keine.

Na, sehen Sie?

Und trotzdem könnte man beweisen, daß sie so weggeschafft wurde.

Ach ja? Und wie?

Mein Überwurfmantel.

Ein bißchen deutlicher, bitte.

Gleich. Hat der Polizeiamtsleiter Ihnen in seinem Bericht gesagt, ich hätte behauptet, meinen Überwurfmantel ausgezogen zu haben, um den Körper des Pfarrers damit zu bedecken?

Ja, das hat er geschrieben.

Benissimu. Als ich nach Hause kam und über den Toten gestolpert bin, haben La Mantìa und Spampinato die Lampen angezündet. Und ich, obwohl ich gekrümmt da lag und heulte wie ein Schloßhund, habe gesehen, daß mein Überwurfmantel auf einem Stuhl lag. Und dort blieb er auch liegen. Wenn nicht irgend jemand nach uns ins Haus gekommen ist und ihn mitgenommen hat ...

Einverstanden, aber was für eine Bedeutung hat denn dieser Überwurfmantel?

Wenn es stimmt, daß ich mit diesem Überwurfmantel den Körper des Pfarrers bedeckt habe, dann muß sich doch das Mantelfutter, das von hellgrauer Farbe ist, ganz zwangsläufig mit Blut verschmiert haben. Wenn es sich aber so abgespielt hat, wie der Polizeiamtsleiter es behauptet, also daß ich ihn bei mir zu Hause umgebracht hätte, warum sollte sich dann die Innenseite meines Mantels, ich sage: *die Innenseite,* beachten Sie das, mit Blut verschmiert haben? Und ausgerechnet in der Höhe der Wunde des Pfarrers?

Das werde ich sofort untersuchen. Dieses erste Verhör endet hier.

Wie Euer Ehren wünschen.

Ach, noch eine letzte Frage. Als Sie an jenem Abend ins Haus gingen, war da die Türe mit dem Schlüssel verschlossen?

Daran erinnere ich mich nicht. Ich glaube, sie war verschlossen, und ich habe sie aufgemacht. Aber das ist nicht so wichtig.

Wieso?

Weil es neben der Türe ein Fenster gibt, das ich fast immer offen lasse.

War es an dem bewußten Abend offen oder geschlossen?

Daran erinnere ich mich nicht.

»Sie verstehen, Signor Bovara«, sagte der Richter im Aufstehen, »daß ich Sie noch einmal verhören muß. Sie, Impallomèni, gehen jetzt den Leiter der Polizeidienststelle holen.«

Der Gerichtsschreiber ging. Aber er brauchte ziemlich lange, bevor er mit Spampinato zurückkam. Der war gelb im Gesicht wie ein gelber Paprika und auch ein bißchen verschwitzt. Er warf einen wütenden Bück auf Giovanni. Und der verstand, daß der Gerichtsschreiber dem Polizeiamtsleiter alles erzählt hatte, was er dem Richter gesagt hatte. Noch am selben Morgen, dessen war er sich sicher, würden seine Gegner über seinen Schachzug informiert werden. Er war an der Reihe, und er hatte das Pferd bewegt. Jetzt mußte man abwarten, welche Figur die anderen bewegen würden ... Er mußte sich förmlich Mühe geben, in seinen Augen nicht zu sehr seine Zufriedenheit funkeln zu lassen.

»Der Schlüssel vom Haus des Signor Bovara befindet sich in Ihrem Besitz?«

»So ist es.«

»Gehen Sie ihn holen.«

Der Leiter der Polizeidienststelle ging und kehrte mit dem Schlüssel in der Hand zurück. Er händigte ihn dem Richter aus.

»Seid Ihr nach Signor Bovaras Festnahme noch einmal in sein Haus zurückgekehrt?«

»Keiner ist dahin zurückgegangen.«

»Gerichtsschreiber, fangen Sie schon einmal an, Signor Bovara das Protokoll vorzulesen. Sie, Spampinato kommen mit mir.«

Sie gingen auf den Korridor hinaus. Der Ermittlungsrichter sprach mit leiser Stimme:

»Ich will, daß Bovara auf der Stelle dem Gefängnis von San Vito überstellt wird.«

Der Schweißausbruch des Leiters der Polizeidienststelle wurde heftiger.

»Darf ich wissen, warum?«

»Natürlich dürfen Sie das. Aus Sicherheitsgründen.«

»Ist er hier in der Polizeidienststelle denn nicht sicher?«

»Nein, das ist er nicht.«

Spampinato hielt abrupt inne, ihm war nicht danach, weitere Fragen zu stellen. Er hatte sich ausgedacht, daß er dieses riesengehörnte Mistvieh von Bovara ganz nach eigenen Vorstellungen zu einem Kunstwerk umarbeiten würde, wenn der Richter ihnen erst einmal den Rücken kehrte, um ihn dafür bezahlen zu lassen, daß er seinen Bruder Gnaziu und Advokat Fasùlo da hineingezogen und Don Memè Moro sozusagen entlastet hatte, der, nach dem, was der Gerichtsschreiber ihm in der Eile zugeflüstert hatte, ein entfernter Verwandter von ihm war. »Gehen Sie gleich zum Gefängnisdirektor und sagen Sie ihm, daß Bovara aufgrund meiner Anordnung, die ich noch schriftlich bestätige, in eine Einzelzelle kommt. Keine Isolationshaft, damit wir uns richtig verstehen, aber ich wünsche, daß er mit niemand anderem zusammengelegt wird. Ich weiß, daß San Vito aus allen Nähten platzt, aber ich weiß nicht, was ich sonst tun soll. Gehen Sie. Ach, warten Sie noch. Ich möchte Ihnen sagen, daß Sie für die Unversehrtheit Bovaras so lange verantwortlich sind, bis er die Schwelle des Gefängnistores überschritten hat. Von diesem Augenblick an werde ich den Signor Gefängnisdirektor dafür verantwortlich machen. Buongiorno.«

Spampinato war wie gelähmt, seine Beine weigerten sich, auch nur den kleinsten Schritt zu tun. Das alles bedeutete doch, daß der Ermittlungsrichter den Schwachsinn dieses Irren überzeugend fand. Aber wieso hatte der den Namen von Advokat Fasùlo ins Spiel gebracht? Ob die ganze Sache möglicherweise viel größer war und man ihm nur die halbe Messe erzählt hatte? Am Ende gelang es ihm, sich fortzubewegen.

Als die Verlesung des Protokolls abgeschlossen war, unterschrieb es Giovanni. Er wurde von La Mantìa in die Sicherheitszelle zurückbegleitet. Überaus freundlich, beinahe schon hochachtungsvoll.

»Impallomèni, lassen Sie sich erklären, wo genau Bovaras Haus liegt.«

Während der Ermittlungsrichter die Kutsche bestieg, sagte der Gerichtsschreiber zum Kutscher: »Bringen Sie den Signor Ermittlungsrichter nach Vigàta. Also, nach der Brücke ...«

»Nein, Impallomèni, Sie kommen mit. Sie erklären ihm alles während der Fahrt.«

Innerlich fluchte der Gerichtsschreiber auf alle Heiligen. Der Polizeiamtsleiter hatte ihm eindringlich geraten, ihm die ganze Angelegenheit so bald wie möglich zu erklären. Na, und wenn schon.

»Was denn, soll das etwa ein Witz sein?« fragte der Gefängnisdirektor von San Vito verärgert. »Weiß der Signor Ermittlungsrichter Pintacuda denn nicht, welche

Zustände hier herrschen? Weiß er nicht, daß in einer Viererzelle neun Personen stecken? Was glaubt er denn? Daß wir hier im Grand Hotel sind?«

»Signor Direttore, jeder hat seine Probleme«, antwortete Spampinato düster.

»Kann ich ihn denn nicht in einer freundlichen, sauberen Zelle unterbringen, in der schon die Cavalieri Pulvirenti, sein Teilhaber Inghirò und der dritte Teilhaber Cardillo untergebracht sind? Sind drinnen wegen schweren Betruges, aber sind anständige Leute.«

»Signor Direttore, ich habe Ihnen mitgeteilt, was der Ermittlungsrichter will. Ansonsten liegt alles in Ihrer Verantwortung. Ich verabschiede mich.«

»Na gut. Übergeben Sie mir schon diesen Bovara.«

Spampinato verließ das Büro des Gefängnisdirektors, kam dann wieder zurück, wobei er Giovanni vor sich her schubste. Er nahm die Handschellen ab, grüßte und ging.

Giovanni fühlte sich ganz ruhig. Während der kurzen Fahrt in der Kutsche von der Polizeidienststelle zum Gefängnis hatte Spampinato ihm nicht ein einziges Mal in die Augen gesehen, kein einziges Wort an ihn gerichtet. Nur als sie schließlich aus der Kutsche stiegen, das war bereits im Innenhof von San Vito, hatte er ihn kräftig hinausgestoßen, so daß Giovanni vornüber fiel. Ein Wachmann hatte ihm wieder aufgeholfen.

»Oberwachmann!« rief der Direktor laut.

Der Oberwachmann trat ein und salutierte. Er war verhältnismäßig klein und trug eine saubere Uniform.

»Das hier ist Signor Bovara, ein Gefangener von hohem Ansehen, soweit sich der Signor Ermittlungsrichter herabläßt uns mitzuteilen. Er will, daß Signor Bovara in eine Einzelzelle kommt. Wollen Sie mir mal sagen, wie zum Teufel wir das machen sollen?«

Der Oberwachmann dachte einen Augenblick nach.

»Vielleicht gibt es eine Lösung. Aber dafür brauche ich eine halbe Stunde. In der Zwischenzeit kann ich ihn ja in der Wachstube unterbringen.«

»Tun Sie, was Sie für richtig halten.«

»Kommen Sie mit.«

Giovanni folgte ihm. Sie gingen über einen menschenleeren Korridor. Nach ein paar Schritten verlangsamte der Oberwachmann sein Tempo und befand sich auf gleicher Höhe mit Giovanni, der eine Art Raunen wahrnahm, von dem er zunächst nicht wußte, woher es kam. Doch dann war ihm plötzlich klar, daß der Oberwachmann mit ihm redete: der bewegte ja nicht einmal die Lippen. Hätte jemand einen Meter von ihm entfernt gestanden, hätte er ihn nicht hören können.

»Sind Euer Ehren derselbe Bovara, der Hauptinspekteur der Mühlen war?«

»Ja.«

Er hatte versucht, genauso zu reden wie der andere, doch war er nicht daran gewöhnt, und so kam es ihm vor, daß diese eine Silbe wie aus einem Gewehrlauf herausgeschossen kam.

Der Oberwachmann machte wortlos noch ein paar Schritte, dann sprach er wieder weiter.

»Brauchen Sie irgendwas? Papier, einen Stift, Zigarren ...«

»Ich hab' kein Geld bei mir, ich kann die Freundlichkeit nicht bezahlen.«

»Ich habe nicht von Geld gesprochen«, sagte der andere. »Euer Ehren sollen sich lediglich daran erinnern, daß Sie, wenn Sie was brauchen, einfach den Oberwachmann rufen.«

»Danke«, sagte Giovanni benommen.

War man dabei, eine weitere Schlinge für ihn zu knüpfen? In welche neue Falle wollte man ihn tappen lassen? Unterdessen waren sie vor der Türe der Wachstube angekommen.

»Ich heiße Caminiti«, sagte der Oberwachmann. »Mein Vater sagt, daß Euer Ehren ein aufrechter Mann sind.«

Immer noch Montag, 15. Oktober 1877

»Der hat mir eben doch die wahre Wahrheit erzählt, als er in die Polizeidienststelle kam! Die ganze hochheilige Wahrheit hat er mir erzählt! Und Sie, hochwerter Advokat Fasùlo, haben mich dagegen zweimal am Arsch gepackt!«

»Passen Sie auf, wie Sie reden, Signor Polizeiamtsleiter.«

»Das erste Mal haben Sie mich glauben lassen, daß es nicht Don Memè Moro war, der auf den Pfarrer geschossen hat, weil Don Memè einen Malariaanfall hatte und folglich im Bette lag …«

»Immer mit der Ruhe, Signor Polizeiamtsleiter, immer mit der Ruhe!«

»Ach was Ruhe! Und das zweite Mal, als Ihr die Leiche des Pfarrers von dem Weg zum Haus des Bovara geschafft habt, um dem Inspekteur höchstpersönlich die Schuld an dem Mord in die Schuhe zu schieben! Und ich hab' wirklich geglaubt, daß der Inspekteur ihn umgebracht hätte! Als Arschloch habt Ihr mich hingestellt! Wer hatte nur diesen wunderbar genialen Scheißeinfall?«

»Don Cocò.«

»Da gratuliere ich aber diesem fabelhaften Wichserhirn!«

»Spampinato, pissen Sie nicht neben das Pinkelbecken!«

»Ich piss', wohin es mir paßt!«

»Spampinato, in Augenblicken wie diesen ist Ruhe bewahren...«

»Ruhe bewahren?! Ich habe La Mantìa gebeten, der darin tüchtiger ist als ich, Bovara davon zu überzeugen, daß es gar nicht Don Memè sein konnte, der geschossen hat. Und der fing an zu reden wie ein Gymnasialprofessor! Er erteilte dem Mühleninspekteur eine Unterrichtsstunde in Dialekt! Schauen Sie, im Dialekt sagt man das auf diese Weise, im Dialekt sagt man das auf jene Weise ... Diese Lektion hat Bovara gründlich gelernt, und jetzt steckt er sie uns alle in den Arsch!«

»Spampinato ...«

»Der Mühleninspekteur hat Sie ins Spiel gebracht, aber darauf können Sie natürlich ganz laut pfeifen!«

»Dann sitzen wir im selben Boot.«

»Aber da bitte ich Sie doch sehr herzlich! In diesem Boot sind Sie der einzige, der nicht untergehen kann! Weil für Sie immer gleich Don Cocò bereit steht, der Ihnen den Rettungsring zuwirft.«

»An diesen Rettungsring kann sich ja auch Ihr Bruder klammern.«

»Auch? Klammern Sie sich erst mal daran fest! Denn mein Bruder muß vor allen anderen in Sicherheit gebracht werden! Gnaziu hat mit dieser ganzen Angelegenheit auch nicht einen Wichserstrich zu tun!«

»Wie denn? Und ich sollte was damit zu tun haben?«

»Signor Advokat, lassen wir das! Ich sag's Ihnen noch mal: Ich werde meinen Bruder Gnaziu nicht ins Zuchthaus bringen! Er ist unschuldig wie Christus!«

Der Polizeiamtsleiter erhob sich von seinem Stuhl, machte zwei, drei Schritte im Raum, atmete tief ein, dann setzte er sich wieder.

»Signor Advokat, der Gerichtsschreiber hat mir nicht nur erzählt, was der Inspekteur dem Ermittlungsrichter während des Verhörs gesagt hat, nämlich daß Sie, Gnaziu und Memè Moro den Pfarrer umgebracht haben, sondern es gibt auch das, was der Ermittlungsrichter im Haus des Inspekteurs gefunden hat, nämlich den auf der Innenseite mit Blut verschmierten Überwurfmantel, genau so, wie Bovara es gesagt hatte.«

»Das bedeutet überhaupt nichts.«

»Es braucht zwar nichts zu bedeuten, Signor Advokat, aber es kann auch alles bedeuten. Je nachdem, wie der Ermittlungsrichter die Sache betrachtet.«

»Aber können wir diesen Ermittlungsrichter die Sache nicht auf unsere Weise sehen lassen? Können wir mit ihm nicht darüber reden?«

»Nein, Signore, der redet darüber nicht. Ich kenne ihn gut. Wenn man mit ihm darüber redet, könnte es nur noch schlimmer werden. Ich weiß mit Sicherheit, daß er sich vor dem Verhör mit Bovara verschiedentlich mit dem Staatsanwalt Rebaudengo getroffen hat.«

»Das ist doch ein Schuß ins Schwarze!«

»Deshalb muß diese ganze Sache zum Stillstand kommen, bevor wir alle in den Ruin getrieben werden.«

»Signor Polizeiamtsleiter, könnten Sie wohl eine halbe Stunde hier in meinem Arbeitszimmer auf mich warten? Ich erwarte niemanden. Ich gehe schnell zu Don Cocò und rede mit ihm, danach komme ich zurück.«

Nach dem Treffen mit Don Cocò schnappte Advokat Fasùlo beim Betreten seines Arbeitszimmers nach Luft:

Spampinato hatte vier Zigarren in fünfunddreißig Minuten geraucht.

»Also?«

»Alles klar. Don Cocò hat festgelegt, daß alles so geregelt werden muß, daß keiner zu Schaden kommt.«

»Und wie?«

»Signor Polizeiamtsleiter, gehen Sie wieder zu Ihrer Polizeidienststelle zurück. Es ist besser, wenn Sie mit dieser Sache nichts zu tun haben.«

»Kann ich erfahren, wie Ihr die Sache regeln wollt?«

»Nein. In Ihrem ureigensten Interesse.«

»Sie kennen ja bereits meine Haltung in der ganzen Angelegenheit«, sagte Staatsanwalt Rebaudengo.

»Und ich stimme voll und ganz mit Ihnen überein«, erwiderte Ermittlungsrichter Pintacuda. »Ich habe überhaupt keinen Zweifel mehr an Bovaras völliger Unschuld. Allerdings glaube ich, es ist noch nicht der Augenblick gekommen, ihn freizulassen.«

»Wieso nicht?«

»Sehen Sie, als ich hörte, wie Bovara den Namen des Bruders des Polizeiamtsleiters Spampinato nannte, war ich gleich um seine Unversehrtheit besorgt. Daraufhin habe ich ihn ins Gefängnis von San Vito überstellen lassen. Ich möchte nicht, daß er, wenn er wieder in die Freiheit entlassen wird, das gleiche Ende nimmt wie seine Vorgänger Tuttobene und Bendicò. Diesmal hatte man beschlossen, ihn durch einen subtil durchdachten Plan aus dem Weg zu räumen. Möglich, daß diese Leute, wo sie ihren Plan jetzt zerstört sehen, sich entschließen, zu eindeutigeren Methoden zu greifen.«

Der Staatsanwalt sah dem Ermittlungsrichter fest in die Augen.

»Glauben Sie, was Bovara Ihnen erzählt hat?«

»In welcher Hinsicht?«

»In der Hinsicht, daß eine Triade, bestehend aus Moro, Spampinato und Fasùlo, beschlossen hat, den Priester zu beseitigen?«

»Ich? Wenn ich ein Trottel wäre ...«

»Also?«

»Signor Staatsanwalt, ich glaube, daß Bovara in einem ersten Augenblick die Wahrheit erzählt hat, das heißt, daß der Priester ihm zugeröchelt hat, er sei von seinem Cousin Moro erschossen worden, wie es ja auch geschehen war. Danach, als er selbst dieses Verbrechens bezichtigt wurde, hat er seine Darstellung äußerst geschickt modifiziert, indem er den Bruder des Polizeiamtsleiters und den unangreifbaren Advokat Fasùlo, die rechte Hand von Nicola Afflitto, ins Spiel gebracht hat, das eigentliche Hirn hinter dem ganzen Plan.«

»Mit welcher Absicht?«

»Ein verzweifelter Schachzug. Außergewöhnlich intelligent.«

»Das heißt?«

»Das heißt, daß wir in diesem Augenblick zu so etwas wie Zuschauern bei einem sportlichen Ereignis werden. Und es wäre nur klug, wenn wir in dieser Position verharren würden.«

»Verstehe«, sagte Rebaudengo. »Leider kann ich nicht bis zum Ende dieser Begegnung dabei sein. Übermorgen muß ich abreisen. Schreiben Sie mir, wie das Endergebnis ausfällt?«

»Darauf können Sie sich verlassen«, sagte Pintacuda.

Langsam ging die Sonne unter. Don Memè saß in einem Sessel in seinem Schlafzimmer, und dieser stand genau vor den halb geschlossenen Fensterläden, so daß Don Memè zwar hinaussehen, selber aber nicht gesehen werden konnte. Doch die Sache war, daß es einfach nichts zu sehen gab. Einmal hatte er ein herumhoppelndes Wildkaninchen beobachtet. Morgens war Aliquò vorbeigekommen und hatte ihn gegrüßt, er war auf dem Weg zu seinem Ziegenpferch, das gleiche tat er nach Sonnenuntergang, als er wieder auf dem Weg zurück in den Ort war. Die Tatsache, daß er, Don Memè, den Pfarrer umgebracht hatte, hatte ihm sowohl den Appetit als auch die Gesundheit zurückgegeben. Er mußte nur noch ein kleines bißchen Geduld aufbringen. Zwei Tage zuvor war Sciaverio mit einer Nachricht von Advokat Fasùlo zu ihm gekommen: es sei nur noch eine Frage von kurzer Zeit, dann könne er sich wieder im Ort blicken lassen. Bovara, der Inspekteur, hatte ihm der Advokat mitteilen lassen, sitze immer noch im Gefängnis und die Hoffnung sei berechtigt, daß er für den Rest seines Lebens auch da bleiben werde. Und gerade, als er an Sciaverio dachte, sah er ihn im Gegenlicht heranreiten. Sciaverio stieg ab und blickte nach oben, zur Fenstertüre des Schlafzimmers.

»Bin hier, Sciavè.«

»Muß mit Ihnen reden, Don Memè.«

»Komm rauf.«

Sciaverio betrat das Zimmer, öffnete seine Arme weit und sagte feierlich: »Es ist vollbracht!«

»Und was heißt das?« fragte Don Memè und erhob sich aus dem Sessel.

»Das heißt, daß der Richter den Inspekteur heute morgen verhört hat und zu der Überzeugung gelangt ist, daß er es war, der Padre Carnazza umgebracht hat. Alles ganz genau so, wie Don Cocò es gesagt hatte.«

»O heiliger Herr, ich danke dir!« stieß Don Memè hervor, und sein Mund zitterte vor lauter Aufregung. Dann fragte er:

»Also kann ich jetzt auch wieder in den Ort zurückkommen?«

»Ja, gleich jetzt.«

»Ach, heilige Maria, ist das herrlich! Hier, so eingeschlossen auf dem Land, das war ja, wie wenn ich im Gefängnis säße!«

»Ach ja, da gibt es noch was«, sagte Sciaverio. »Den Revolver, hat mir der Signor Advokat gesagt, dürfen Sie nicht bei sich tragen. Wegen dem sowohl als auch. Geben Sie ihn mir, ich kümmere mich schon darum, ihn verschwinden zu lassen.«

Don Memè öffnete die Schublade des Nachttischchens, packte die Waffe am Lauf und reichte sie Sciaverio.

»Ist er geladen?«

»Natürlich«, antwortete Don Memè.

Sciaverio hielt ihm die Mündung des Revolvers an die rechte Schläfe und drückte ab. Don Memès Körper fiel rücklings aufs Bett, mit überkreuzten Armen. Sciaverio steckte ihm die Waffe in die rechte Hand und trat zwei Schritt zurück, um sein Werk genauer zu betrachten. Es schien ihm vollkommen.

Dann zog er das mit Druckbuchstaben beschriebene Stück Papier aus seiner Tasche, das ihm Advokat Fasùlo gegeben hatte, und legte es deutlich sichtbar auf den Nachttisch. Auf dem Papier stand:

»Ich habe den Pfarrer umgebracht. Und ich war es auch, der den Toten ins Haus des Inspekteurs Bovara gebracht hat, damit die Schuld auf ihn fallen sollte. Ich habe alles alleine getan. Jetzt hat mich mein Gewissen geplagt.«

Der Oberwachmann Caminiti öffnete die Zellentüre.

»Kommen Sie mit. Der Direktor will Sie sprechen.«

Giovanni stand von seinem Strohsack auf und stellte sich neben den Oberwachmann. Nachdem sie ein Stück gegangen waren, kamen sie auf den langen Korridor.

»Wissen Sie, warum der Direktor Sie sehen möchte?«

»Nein.«

»Dann sag ich's Ihnen. Gerade eben kam die Anordnung für Ihre sofortige Enthaftung herein.«

Giovanni zuckte mit keiner Wimper und ging im normalen Tempo weiter.

»Haben Sie gehört?« fragte Caminiti und redete ein bißchen lauter als sonst.

»Ja.«

»Sind Sie denn nicht zufrieden?«

»Ich hab's bereits gewußt«, sagte Giovanni.

Er hatte die Partie gewonnen. Die anderen hatten den König zum Zeichen der Aufgabe niedergelegt. Was der Oberwachmann ihm sonst noch erzählte, den Selbstmord von Don Memè, das Stück Papier mit dem Geständnis, ließ ihn kalt.

Als er am Büro des Staatsanwalts vorbeiging, sah der Ermittlungsrichter Pintacuda Licht unten durch den Türschlitz fallen. Er klopfte an.

»Herein.«

Er trat ein. Der Staatsanwalt war dabei, ein paar Papiere in einen kleinen Koffer zu legen.

»Wie Sie sehen können, räume ich meinen Platz. Morgen früh werde ich die Übergabe an meinen Nachfolger vornehmen. Er ist bereits eingetroffen.«

»Wissen Sie's schon? Ich habe die Entha ...«

»Ich hab's erfahren«, sagte Rebaudengo. »Die Nachricht hatte sich im Nu rumgesprochen. Das war richtig so.«

»Ich konnte schließlich nicht anders handeln, nach dem Selbstmord, dem Geständnis ...«

Der Staatsanwalt sah ihm in die Augen.

»Sie glauben, Signor Moro habe sich umgebracht?«

»Ich? Nein.«

»Ich auch nicht. Warum ist das Papier mit der Erklärung, soweit ich darüber unterrichtet bin, mit Druckbuchstaben geschrieben und nicht unterzeichnet worden? Sie haben ihren Schachzug machen wollen, dem Augenschein nach haben sie sich dem Gegner geschlagen geben müssen. Doch an diesem Punkt der Partie ist der Gegner nicht mehr Bovara.«

»Wer dann an seiner Stelle?«

»Wir, mein Freund, und Sie wissen das genau. Allerdings bin ich disqualifiziert worden, auf dem Feld bleiben nur noch Sie zurück. Jedenfalls denken Sie daran, es ist eine äußerst schwierige Partie. Gesetzt den Fall, Sie würden die Echtheit des Papiers anzweifeln und die Gutachten würden Ihnen recht geben. Was tun Sie dann?«

»Ich gestehe Ihnen aufrichtig: Ich weiß es nicht.«

»Sehen Sie? Nehmen wir einmal an, rein hypothetisch, daß Sie eine Spur entdecken, die zu den beiden anderen führt, die, nach Bovaras Aussage, in den Mord verwickelt sind. Also gut, nur damit Sie davon abgehalten werden, weiter zu ermitteln, wird man Ihnen auf einem Silbertablett den Bruder des Polizeiamtsleiters servieren, Ignazio, glaube ich, heißt er.«

»Aber der Polizeiamtsleiter wird es nicht zulassen, daß sein Bruder verurteilt oder zumindest in die Sache verwickelt wird. Er wird rebellieren!«

»Dazu wird er keine Gelegenheit haben, mein Freund. Muß ausgerechnet ich, ein Mann aus dem Norden, Ihnen sagen, wie sich die Dinge entwickeln werden? Wenn diese Leute auch nur ganz versteckt mitbekommen, daß Sie sich für Ignazio Spampinato interessieren, dann ist das der Tod des Polizeiamtsleiters.«

»Man wird ihn erschießen?«

»Nein. Er wird in einem Feuergefecht mit Briganten den Heldentod sterben. Und wenn Sie dann hartnäckig weitermachen und das Wunder geschehen sollte, daß Sie inzwischen nicht anderswohin versetzt worden sind, dann wird der nächste Name, auf den Sie stoßen, der von Advokat Fasùlo sein ... Keine Sorge. Sollte es Ihnen gelingen, ihn wegen Mordes an Padre Carnazza festzunageln, wird man ihn, nach zahlreichen Appellen und Gegenappellen, Ihnen überlassen. Man wird Ihnen Fasùlo einfach überlassen. Er tritt von der Bühne ab unter dem Vorwurf des Mordes an dem Priester. Und Sie, der Sie dem Augenschein nach die Partie gewonnen haben, haben sie in Wirklichkeit verloren.«

»Aber was sagen Sie denn da?«

»Tja, so ist es. Denn die da müssen alles tun, um Ihre Ermittlungen streng von meinen getrennt zu halten. Derjenige, der hinter diesem ganzen Verwirrspiel steht, und ich nenne Ihnen seinen Namen nicht, denn Sie kennen ihn nur zu gut, wird seine rechte Hand ins Meer werfen. Und wenn Sie ihn anklagen, der Auftraggeber für den Mord an Padre Carnazza zu sein, wird er mit einer öffentlichen Erklärung aufwarten: Die trüben Machenschaften einer Person, der er blind vertraut hat, kannte er nicht. Er wurde getäuscht, verraten. Sich als Opfer eines Verrats darzustellen ist immer ein geschickter Winkelzug, der zum Erfolg führt, wissen Sie das? Solange nur seine wirtschaftlichen Interessen unangetastet bleiben, ist er zu allem bereit. Wehe aber, er rutscht auf der Bananenschale eines Mordes aus und stürzt.«

»Dann ist es Ihrer Meinung nach sinnlos weiterzumachen?«

»Das habe ich nicht gesagt. Ich sage einfach nur, daß Sie ebenso wie ich in der Gefahr stehen, bestenfalls zu einer Teilwahrheit zu gelangen. Na ja, das ist immer noch besser als gar keine Wahrheit.«

»Das sehe ich auch so. Und ich kann mir nur wünschen, daß Ihr Nachfolger ...«

Der Staatsanwalt brach in schallendes Gelächter aus.

»Wer?«

»Wieso, wer? Antonio Lacalamita.«

Der Staatsanwalt lachte noch immer.

»Kennen Sie ihn denn?« fragte Ermittlungsrichter Pintacuda.

»Diese Ehre hatte ich noch nicht. Aber haben Sie gelesen, was in einer Zeitung dieser Insel geschrieben wurde, deren Anteilseigner, soweit ich weiß, Afflitto ist?«

»Nein, ist mir entgangen.«

»Da hieß es, daß Dottore Lacalamita eine Person mit herausragenden Fähigkeiten für den besonnenen Ausgleich ist. Dieser Satz, der in der Gegend, aus der ich stamme, eine sehr genaue Bedeutung hat, hat in dieser Gegend eine völlig andere. Stimmt's nicht?«

»Doch, so ist es«, räumte Ermittlungsrichter Pintacuda bitter ein.

Stille trat zwischen sie. Nach einer kurzen Weile flüsterte Pintacuda etwas, was der Staatsanwalt nicht verstehen konnte.

»Das habe ich nicht richtig verstehen können«, sagte er. »Nicht weiter von Bedeutung«, sagte der Richter.

Aber er hatte gesagt: »Schön, daß Sie das Glück haben, von hier wegzugehen.« Doch hatte er sich dieses Gedankens dann geschämt.

»Also, welche Absichten haben Sie?« fuhr der Staatsanwalt erbarmungslos fort.

»Ich werde so tun, als würde ich dem Geständnis glauben«, antwortete der Richter fast wie zu sich selbst. Er war einfach nicht in der Lage, lauter zu sprechen.

»Wie lange?«

»So lange, bis mir der richtige Schachzug einfällt. Bovara hat mir einiges beigebracht«, sagte Ermittlungsrichter Pintacuda abschließend.

Vor dem Gefängnis wurde sich Giovanni darüber klar, daß er nicht gleich ins Haus in Vigàta zurückkehren konnte. Er bog in die Via Atenea ein, um wenigstens die erste Nacht im Hotel Gellia zu verbringen. Es wurde dunkel, die Laternen waren bereits angezündet, nur wenige Menschen waren auf der Straße. Doch die drei wie Herren gekleideten jungen Burschen waren da. Als sie ihn sahen, nahmen sie ihre Hüte ab und verbeugten sich.

»Buonasera, Signor Bovara«, sagte einer von ihnen.

»Buonasera«, erwiderte Giovanni völlig verdutzt.

Dann aber fand er eine Erklärung für diesen Gruß. Die drei waren über die Angelegenheit ganz sicher im Bild und hatten dem Gewinner ihre Hochachtung aussprechen wollen. Auch der Portier des Hotels war überaus freundlich. Bevor Giovanni ins Zimmer hinaufging, das ihm zugewiesen worden war, fragte er, ob es wohl möglich sei, noch ein Bad zu dieser Stunde zu nehmen.

»Das und noch mehr können Sie, Signor Bovara! Geben Sie mir nur eine halbe Stunde Zeit, ich lasse Sie dann rufen.«

Giovanni legte sich, noch mit den Schuhen an den Füßen, aufs Bett, und kurz darauf hörte er ein heftiges Klopfen an der Türe.

»Das Bad ist fertig.«

Ihm wurde bewußt, daß er eingeschlafen war, plötzlich und unvermittelt war der Schlaf über ihn gekommen, wie ein Lufthauch über die Flamme einer Lampe. Er schloß die Badezimmertüre, stieg in die Zinkbadewanne und schlief sofort wieder ein.

Er wachte erst wieder auf, als das Wasser kalt geworden war. Was ihn aus dem Schlaf erweckt hatte, war eine Art leichten Kratzens an der Türe.

»Wer ist da?«

»Caminiti hier, Signore.«

Das war nicht die Stimme des Oberwachmanns, sondern die seines Vaters, des Amtsdieners.

»Ich mache sofort auf.«

Er wollte die Unterhose anziehen, doch allein der Anblick all des Drecks wie auch der auf den Boden geworfenen Kleidung ließ Ekel in ihm aufkommen. Er wickelte sich ein Badetuch um den Körper und machte auf.

Vor ihm stand Caminiti, stocksteif, starr, wie gepfählt.

»Caminiti, was für eine schöne Überraschung!«

Der Amtsdiener zog die Nase hoch, mit der linken Hand strich er sich über den Oberlippenbart. Er mußte tief gerührt sein. In der rechten Hand hielt er ein Paket.

»Mein Sohn hat mir gesagt, daß man Sie wieder freigelassen hat... Ich dachte mir, daß Sie heute abend sicher im Hotel schlafen würden ... und da hab' ich Unterhosen, Unterhemd, Hemd, Strümpfe und einen Anzug von meinem Sohn vorbeigebracht, der fast so eine Figur hat wie Euer Ehren. Sie können das anziehen, Sie brauchen sich nicht zu schämen, alles sauberes Zeug.«

Giovanni streckte die Arme aus und umarmte den Alten.

»Danke«, flüsterte er.

»Ziehen Sie sich in Ruhe an«, sagte Caminiti. »Ich geh' jetzt und wünsch' Ihnen eine gute Nacht. Ah, ich wollte noch sagen, daß unten Dottor Borzacchini wartet, der Sekretär des Signor Finanzpräsidenten.«

»Und was will er?«

»Weiß ich nicht. Sie müssen mit ihm reden.«

Beim Anziehen ließ sich Giovanni viel Zeit. Als er auf dem Weg ins Restaurant hinunterging, saß im Atrium, in einem Sessel, Augusto Borzacchini. Dieser sprang beim Anblick Giovannis auf, brachte seine Krawatte in Ordnung, zupfte an seinem Jackett und reichte ihm die Hand.

Giovanni sah geflissentlich darüber hinweg.

»Sie können sich ja gar nicht unsere Freude im Präsidium vorstellen, gerade haben wir erfahren ...«

»Lassen wir das. Sagen Sie mir, was Sie von mir wollen.«

Einen Augenblick lang, aber wirklich nur einen Augenblick lang, war Borzacchini irgendwie verdutzt, gewann aber gleich wieder seine Haltung zurück.

»Der Signor Finanzpräsident, wissen Sie's schon?, ist, gottlob, wieder völlig hergestellt und seit zwei Tagen schon an seiner Arbeit.«

»Ach ja?«

»Und er hat mir einen Brief für Sie mitgegeben.«

Er zog ihn aus der Tasche und reichte ihn Giovanni.

»Sagen Sie dem Signor Finanzpräsidenten, daß ich morgen früh im Büro sein werde.«

Borzacchini zupfte wieder an seinem Jackett, richtete seine Krawatte und hüstelte, eine Hand vor seinen Mund haltend.

»Was gibt's denn noch?«

»Wenn Sie mir die Freundlichkeit erweisen und den Brief le ...«

»Sie wissen, was drin steht?«

»Ja.«

»Dann sagen Sie's mir.«

»Also ... auch in Anbetracht der Mißgeschicke, denen Sie ungerechterweise ausgesetzt waren ... Der Signor Finanzpräsident gewährt Ihnen einen Monat Urlaub, gleich von morgen an ... Unterdessen wird er dafür Sorge tragen, dem Ministerium ein Gesuch vorzulegen ... Sie verstehen, die Hypothese einer Unvereinbarkeit ist nicht von der Hand zu weisen ... Ich wiederhole, es handelt sich lediglich um eine Hypothese ...«

»Ich komme trotzdem vorbei, um noch ein paar persönliche Dinge zu holen, die ich im Büro gelassen habe.«

»Im Büro ist nichts mehr von Ihnen. Der Signor Finanzpräsident hat sich davon persönlich überzeugen wollen. Ich wiederhole noch einmal: Sie würden alle in Verlegenheit bringen, wenn Sie morgen früh ins Finanzpräsidium kämen.«

Wortlos zerriß Giovanni den Brief und steckte die Schnipsel in Borzacchinis Jackentasche.

Im Restaurant tröstete er sich bei vier gesottenen Meerfelsbarben.

Danach kam für jeden, für den einen früher, für den anderen später, die Stunde, in der das Licht gelöscht wurde und man sich zu Bett legte, die Augen schloß, in Schlaf versank und anfing zu träumen.

So träumte auch Don Cocò, und er träumte, daß er schlief und sich im Schlaf selbst sah, so, als wäre er eine andere Person. Er sah sich, wie er auf einem von Gold und Edelsteinen funkelnden Thron eingenickt war, in einem Saale, der noch größer war als ein Truppenübungsplatz. Er war in eine rote Tunika mit goldenen Bordüren gewandet, darüber trug er einen ganz mit Sternen, Sonnen und Planeten bestickten Mantel. Auf seinem Kopf trug er eine Krone, die so sehr glitzerte, daß die Leute ihn gar nicht ansehen konnten, ohne ihre Augen zu schützen. Plötzlich weckte ihn eine mächtige Stimme:

»Cocò Afflitto!«

»Ehja?« fragte er und öffnete die Augen.

Am Fuße des Thrones stand ein Kerl mit einem Schäferstab in der Hand, seine Kleidung war eine Art durchlöcherter Sack. Als er genauer hinsah, wurde ihm klar, daß dieser Mann er selbst war.

»Erinnere dich«, sagte der, der wie ein Pilger aussah, »wie ich jetzt vor dir stehe! Sieh nur, wie sie mich klein machen wollen! Arm und irre! Doch du sollst mich schützen! Überlasse ihre Söhne der Hungersnot, lasse sie fallen unter dem Streich deines Schwertes! Ihre Weiber sollen ohne Kinder bleiben, Witwen sollen sie werden, aus ihren Häusern sollen Wehklagen dringen und Schreie der Verzweiflung! Sie haben die Grube gegraben, um mich zu ergreifen, sie haben Schnüre um meine Füße gebunden!«

»War es denn wirklich nötig, mich aufzuwecken, nur um mir das zu sagen?« fragte Don Cocò und nickte wieder ein auf seinem Throne.

Der Cavaliere Antonio Lacalamita, der von Catania nach Montelusa gekommen war, um den Staatsanwalt des Königs, Rebaudengo, abzulösen, hat sich, erschöpft von der Reise, gleich hingelegt. Er träumt, daß er in den Palast des Gesetzes eintreten will, doch davor steht der Türhüter, der ihm sagt, daß er das jetzt, in diesem Augenblick, nicht könne.

»Und später?« fragt Lacalamita.

»Es ist möglich«, sagt der Türhüter.

Das Tor des Palastes aber steht offen und Lacalamita schaut angestrengt ins Innere. Der Hüter beginnt, ganz fürchterlich zu lachen.

»Wenn es Sie denn so lockt, versuchen Sie doch, trotz meines Verbotes hineinzugehen. Merken Sie aber: Ich bin mächtig. Und ich bin nur der unterste Türhüter. Vor jedem der dreihundert Säle steht ein Türhüter, und einer ist mächtiger als der andere. Schon den Anblick des dritten kann nicht einmal ich mehr ertragen.«

»Sollte das Gesetz denn nicht jedem und immer zugänglich sein?« fragt sich der Staatsanwalt Lacalamita mehr verwirrt als überzeugt.

»Ich möchte lieber warten«, sagt er indessen zum Türhüter.

Da nimmt der Türhüter einen Schemel und stellt ihn seitwärts von der Tür hin. Der Staatsanwalt läßt sich darauf nieder. Und in diesem Augenblick wird ihm klar, daß er auf diesem Schemel Monate, Jahre, ein Leben verbringen wird.

Sciaverio weiß nicht, ob er jemals einen ganzen Traum durchgeträumt hat, einen mit Anfang und Ende, auch wenn es sich um Anfang und Ende nach Art der Träume handelt, die keiner Logik folgen. Nichts. Er sieht lediglich Dinge, die im Traum für kurze Zeit vor ihm auftauchen und danach im Dunkel verschwinden. Eine Frauenhand. Ein kreisrunder Hundehaufen. Dunkel. Eine Trillerpfeife aus Schilfrohr. Ein Männermund, der Blut spuckt. Ein zwanzig Zentimeter langes Stück Kordel. Ein Ei. Dunkel. Ein Auge, das sich öffnet und schließt. Ein runder glatter Stein, ähnlich denen, die man in der Nähe des Wassers findet. Dunkel. Dunkel. Dunkel. Eine angezündete Zigarre. Ein Korken.

Giovanni träumt, es sei noch Nacht, aber er befindet sich bereits an Deck des Schiffes, und mit klopfendem Herzen sieht er plötzlich Genua in der Ferne, zwischen den dunklen Bergen und dem Strand, ein Spinnennetz aus flackernden Feuern, das über die Luft des Meeres gebreitet ist …

Auch der Staatsanwalt Rebaudengo träumte, er stünde auf der Brücke eines Schiffes. Die Küste Siziliens war inzwischen nur noch ein hauchdünner Streifen, den man kaum mehr wahrnehmen konnte, ein immer weniger erkennbarer Strich, der das Meer vom Himmel schied. Und gerade in dem Augenblick, als er die Insel nicht mehr erkennen konnte, wußte er mit aller Klarheit, daß er dieses Land geliebt hatte und daß er früher oder später dorthin zurückkehren würde. Er wachte auf.

»Ich werde mir darüber den Kopf zerbrechen«, sagte er laut.

Der Ermittlungsrichter Giosuè Pintacuda hatte sich, ohne zu wissen wieso, inmitten einer Schlacht wiedergefunden. Von überall her waren Stimmen und Schüsse zu hören. Das Schöne war nur, daß er zwar genau wußte, auf welcher Seite er stand und wer der Feind war, aber keine Befehle erhalten hatte, was genau zu tun sei. Daher konnte er sich nur in Geduld fassen und abwarten. Er lag ausgestreckt auf der Erde, mit einem Gewehr in der Hand. Er zweifelte nicht daran, daß er früher oder später schießen müsse. Unterdessen hörte er, lauter als alle Schreie und Schüsse, sein Herz gegen die Erde pochen, die mit Piniennadeln bedeckt war.

Der Finanzpräsident, Commendatore Felice La Pergola, träumte, er würde morgens aufwachen und feststellen, daß er sich in seinem Bett in ein ungeheueres, häßliches Ungeziefer verwandelt hatte. Er lag auf seinem panzerartig harten Rücken und sah, wenn er den Kopf ein wenig hob, seinen gewölbten, braunen, von bogenförmigen Versteifungen geteilten Bauch. Seine Beine dagegen waren zahlreich geworden und kläglich dünn und flimmerten ihm unentwegt und wirr vor den Augen.

»Was ist mit mir geschehen?« fragte er sich.

Aber er wußte, daß dieser Traum kein richtiger Traum war.

Hinter einer Mauer trat einer mit verbundenem Kopf hervor, auch der linke Arm war verbunden und mit einem weißen Stoffetzen um den Hals befestigt. In der rechten Hand hielt er einen Revolver. Advokat Fasùlo erkannte ihn.

»Küßdiehand, Don Cocò.«

»Wir grüßen Euch, Fasù«, sagte Don Cocò.

Und hinter der Mauer trat diesmal Sciaverio hervor. Auch er hielt einen Revolver in der Hand.

»Kann ich Ihnen meine Hilfe anbieten?« fragte Advokat Fasùlo.

»Die brauch' ich nicht mehr«, antwortete Don Cocò.

Sciaverio hob den bewaffneten Arm und erschoß ihn. Fasùlo spürte einen ungeheueren Knall mitten in der Brust und sank langsam zu Boden, und er sank und sank, ohne Ende. Schweißgebadet wachte er auf. Das war wie eine Erkältung, dieser immer wiederkehrende Traum.

Cavaliere Brucculeri, der Posthalter, schwimmt völlig verzweifelt in einem Meer von schwarzen Frauenstrümpfen, von Strumpfbändern, von bestickten Schlüpfern, die nach Orangenblüten duften, von seidenen Nachthemden, von Unterröcken, die Jasminduft verströmen, von Sicherheitsnadeln und vergoldeten Hutspangen, von Perlenketten, Ohrringen und Edelsteinen. Nun türmt sich ein Meer von Büstenhaltern vor ihm auf, das er durchschwimmen muß, und ihm ist klar, daß er das nicht schafft, er geht darin unter, er ertrinkt. Doch jetzt rudert er mit den Armen kräftig in etwas Flüssigem, das kein Wasser ist, weder aus einem See noch aus dem Meer, sondern eine milchige, klebrige Masse. In diesem Augenblick merkt er, daß seine Frau Toter Mann spielt, mit dem Bauch nach oben.

»Was ist das nur für ein Zeug?« fragt er und deutet auf die Flüssigkeit.

»Alles Samenerguß von Padre Carnazza«, antwortet sie ihm und treibt beglückt weiter.

Ihre Schwester hatte eine große Tasse Mohnsud getrunken, weil sie tief und fest schlafen wollte. Und Pinuzzo hat das ausgenutzt und sich ins Bett zur Schwägerin geschlichen. Sie haben sich beglückt ineinander verbohrt. Nun schläft Donna Trisìna Cìcero allein und atmet ganz leicht, und der Atem zwischen ihren Lippen wird zu einer süßen Musik, zu einer sanften Melodie, zu Gesang von Engeln. Im Schlaf gewinnt Trisìna ihre ganze Unschuld zurück. Der Schlaf beginnt sie zu streicheln wie die Hand eines Mannes, zuerst zwischen den Brüsten, dann über den Bauch, über den Po und zwischen den Schenkeln. Bevor er sie ganz umfängt, hält ihr der Schlaf mit großer Zärtlichkeit ein rosafarbenes Band vor die Augen. Und während der ganzen Nacht sieht Trisìna nur dieses.

Anmerkung

»In Barrafranca wurden vor zwei Tagen auf dem freien Lande zwei Gewehrsalven auf einen reichen, korrupten, unverschämten, im Orte vielverhaßten Priester abgefeuert. Ungefähr 60 Meter von der Stelle entfernt, an welcher der Priester fiel, befand sich ein Mann, welcher wenige Tage zuvor aus Turin als Mühleninspekteur nach Sizilien gekommen war. Dieser stand mit dem Rücken zu dem Priester. Beim Lärm der Gewehrsalven drehte er sich um, lief zu dem Priester, welcher ihm, bevor er starb, sagte: ›Mich hat der so und so erschossen, mein Cousin.‹ Der Mann aus Turin bestieg sein Pferd und galoppierte in den Ort, um in der Kaserne der Carabinieri den Vorfall anzuzeigen ... und auf seinem Wege dorthin erzählte er allen von dem Mord und wer der Mörder war. Der Priester lag seit 12 Jahren im Streit mit seinem Cousin, welcher ihn ermordet hatte, zwischen ihnen herrschte große Feindschaft; 24 Stunden später wurde als vermutlicher Urheber des Verbrechens der Mann aus Turin festgenommen, und unter den ihn belastenden Zeugen befand sich auch der Mörder-Cousin des Priesters, und der ganze Prozeß wurde in diese Richtung gelenkt, während der gesamte Ort und die umliegenden Gemeinden hinter vorgehaltener Hand sagten, wer der Mörder war.«

Soweit die Episode, wie sie Leopoldo Franchetti in seinem bereits 1876 geschriebenen Buch »Politik und Mafia in Sizilien« erzählt, das aber erst 1995 in Neapel veröffentlicht wurde. Diese Episode ist die Grundlage meines vorliegenden Buches, einer tragischen Farce.

Abgesehen von dieser Episode sind alle vorkommenden Personen und Ereignisse meine eigene Erfindung.

Das letzte Kapitel, »Katalog der Träume«, besteht aus Bildern, Sätzen und Wörtern, die ich beim Propheten Jeremias, bei Kafka, Faulkner, Firpo, Sciascia, Hemingway, Hammett, Joyce und Proust entwendet habe. Gesagt werden soll auch, daß die Passagen aus dem Brief von Gigi Piràn aus dem Roman »Die Alten und die Jungen« von Luigi Pirandello stammen.

A. C.

Andrea Camilleri,
geboren 1925 im sizilianischen Porto Empedocle, lebt in Rom. Er ist der Erfinder des Commissario Montalbano und Verfasser mehrerer sehr erfolgreicher historischer Romane. Im Verlag Klaus Wagenbach ist von ihm zuletzt *Der geraubte Himmel* erschienen.

Andrea Camilleri bei Wagenbach

Der vertauschte Sohn *Roman*

Andrea Camilleri verknüpft zwei Leben ineinander; sein eigenes und das Pirandellos.

Aus dem Italienischen von Moshe Kahn
Quart*buch*. 304 Seiten

Fliegenspiel *Sizilianische Geschichten*

Andrea Camilleri nimmt uns mit auf eine Entdeckungsreise in seine Heimat Sizilien.

Aus dem Italienischen von Moshe Kahn
SVLTO. Rotes Leinen. Fadengeheftet. 96 Seiten

Der geraubte Himmel *Sizilianische Geschichten*

Die Liebe zur Kunst und die Liebe zu einer mysteriösen Dame gehen bei Camilleri eine vertrackte und später höchst gefährliche Verbindung ein. Der Kommissar ermittelt ...

Aus dem Italienischen von Christiane von Bechtolsheim
SVLTO. Rotes Leinen. Fadengeheftet. 120 Seiten

Italienische Verhältnisse

Andrea Camilleri als feiner Beobachter italienischer Sitten und Zustände.

Aus dem Italienischen von Friederike Hausmann und Moshe Kahn
Herausgegeben von Klaus Wagenbach
WAT 524. 144 Seiten

In Vorbereitung als Taschenbuch:

Der unschickliche Antrag *Roman*

Aus dem Italienischen von Moshe Kahn

König Zosimo *Roman*

Aus dem Italienischen von Moshe Kahn

Literarische Krimis bei Wagenbach

Arnold Bennett Lebendig begraben *Roman*

Ein ebenso berühmter wie menschenscheuer Maler ist über den plötzlichen Tod seines Dieners bestürzt, ergreift durch eine Verwechslung aber kurzerhand die Chance auf ein ruhiges Leben unter falscher Identität: Schließlich möchte er nichts lieber, als sich ungestört seiner Kunst zu widmen.

Aus dem Englischen von Peter Naujack
WAT 817. Broschiert. 224 Seiten

Amara Lakhous
Scheidung auf Islamisch in der Via Marconi *Roman*

Christian alias Issa soll eine terroristische Zelle aufdecken und gerät dabei in erhebliche Kalamitäten. Wie soll er der drohenden Gefahr auf die Spur kommen, wenn er Safia vor rassistischen Pöbeleien und seinen marokkanischen Mitbewohner Mohamed vor der Polizei schützen muss?

Aus dem Italienischen von Michaela Mersetzky
WAT 685. Broschiert. 240 Seiten

Tanguy Viel Das absolut perfekte Verbrechen *Roman*

Pierre, Andrei und Marin sind übriggeblieben, nachdem der »Onkel«, Drahtzieher und Fixpunkt des kriminellen Clans, sich altersschwach ins Jenseits verabschiedet hat. Vor der Kulisse von Meer, Nebel und Frachtschiffen geht es um nichts Geringeres, als das am Hafen gelegene Casino auszurauben. Lucho, ein Freund von Marin, soll helfen, den raffinierten Plan umzusetzen. Und Marins Frau Jeanne, unerreichbar und begehrenswert, spielt mit.

Aus dem Französischen von Hinrich Schmidt-Henkel
WAT 684. Broschiert. 144 Seiten

Martín Caparrós Väterland *Roman*

Der rätselhafte Tod einer Politikertochter, eine mächtige Clique rücksichtsloser Patrioten und eine Stadt unter Hochspannung: Ein atmosphärisch dichter Roman aus dem flirrenden Buenos Aires der dreißiger Jahre – mit einem sympathischen Antihelden, der noch einiges lernen muss.

Aus dem argentinischen Spanisch von Carsten Regling
Quart*buch*. 288 Seiten

Leonardo Sciascia Jedem das Seine *Roman*

Mord und Korruption, ein meisterhaftes Gesellschaftsbild und ein spannender Kriminalroman aus Sizilien vom Großmeister der Mafia-Romane: Der brave Apotheker hat einen Drohbrief erhalten. Ein Scherz, meinen alle Honoratioren des Ortes, die im Laufe des Nachmittags in der Apotheke vorbeischauen. Zwei Tage später wird er auf der Jagd erschossen – und mit ihm sein Begleiter, der arme Doktor Rosello.

Aus dem Italienischen von Arianna Giachi
WAT 597. Broschiert. 144 Seiten

Émilie de Turckheim Im schönen Monat Mai *Roman*

Es gilt ein Erbe anzutreten. Dafür jedenfalls kommen die »Hirnschüssler« aus Paris aufs Jagdgut von Monsieur Louis, der unerwartet verstarb. Dort empfangen sie die Gutsknechte Aimé und Martial, schlechtes Wetter und einige Unvorhersehbarkeiten.

Aus dem Französischen von Brigitte Große
WAT 702. Broschiert. 112 Seiten

Wenn Sie mehr über den Verlag und seine Bücher wissen möchten, schreiben Sie uns eine Postkarte oder elektronische Nachricht (mit Anschrift und E-Mail). Wir informieren Sie dann regelmäßig über unser Programm und unsere Veranstaltungen.
Verlag Klaus Wagenbach Emser Straße 40/41 10719 Berlin
www.wagenbach.de vertrieb@wagenbach.de